François Taillandier

LA GRANDE INTRIGUE I

Option Paradis

Gallimard

Né en 1955, François Taillandier est romancier et essayiste. Il a notamment publié *Les Nuits Racine* (1992, prix Roger-Nimier), *Aragon 1897-1982, quel est celui qu'on prend pour moi ?* (1997, prix de la Critique de l'Académie française), et *Anielka* (1999, Grand Prix du roman de l'Académie française). Il collabore au *Figaro littéraire*, à *L'Humanité*, à *Centre France* et à la revue *L'Atelier du roman*.

Et des livres furent ouverts, puis un autre livre, celui de la vie.

Apocalypse, 20,12

Les faits et les personnages évoqués
sont à peu près imaginaires.

SOMMAIRE

I

LES VOYAGEURS

Dans les premiers jours du mois de mai 2001, une voiture de marque allemande s'arrêta devant le portail d'une des vieilles propriétés de Vernery-sur-Arre, gros bourg de quatre mille âmes situé aux confins du Sancerrois et de l'Yonne. L'homme qui en descendit pour se diriger vers les hauts vantaux de bois peint, tandis que la passagère demeurait à l'intérieur, s'abstint de tout regard à l'entour. Bien que la lumière ne fût nullement excessive en ce début d'après-midi, il portait des lunettes noires.

« C'est des gens qui ne sont pas d'ici... » Une quarantaine d'années plus tôt, à Vernery-sur-Arre, quelqu'un faisait parfois cette observation, au passage, par exemple, d'une grosse voiture de style américain, Ariane ou Chambord. « Ici », en effet, on n'achetait pas ce genre de voitures, on préférait les Juva, les Prairie, les Citroën 2CV ; puis on faisait durer les Traction, les Peugeot 202 ou 402, et même les voitures d'avant la guerre, la plupart du temps de couleur noire, semblables à des veuves se rendant à confesse ou à vêpres. Un couple, arrivé dans une de ces voitures, avec une plaque d'immatriculation étrangère, ce qui était rare, avait fait étape à l'hôtel des Voyageurs, aujourd'hui fermé. Nicolas était enfant, il jouait par là, sur la place, et la vie de ces inconnus lui semblait romanesque — il ne connaissait pas le mot, mais il sentait la chose. « Pas d'ici » : ces trois syllabes évoquaient dans son esprit quelque toponyme de vieille France, de châteaux (Padissy?...), en même temps qu'elles orientaient sa rêverie vers des villes lointaines, et, parmi les noms de villes qu'il connaissait pour les avoir entendu mentionner dans la conversation des grandes personnes, même Roanne, ou Melun, ou Niort offraient à son imagination des prestiges hautains de grandes capitales. Souvent aussi il s'était arrêté, dans les bandes dessinées, sur les vignettes où l'on voyait des avenues, des gratte-ciel perforés de lumières; ces images simples et suggestives lui donnaient l'idée de villes tentaculaires où se déroulaient des milliers de romans. Il existait donc un autre monde que celui-ci où les gens, de leur naissance à leur mort, lui apparaissaient confinés dans un destin exigu autant qu'irrémédiable. Que lui-même vécût en Île-de-France, et que l'immatriculation de la DS paternelle, qui avait conservé longtemps le 75 du ci-devant département de la Seine, le fît quelquefois appeler « le Parisien » par les gamins de Vernery, n'y changeait rien : dès lors qu'il se trouvait ici, dans le pays de sa mère, il s'en reconnaissait l'enfant, il ne discutait pas son appartenance. Et il enviait le sort de ceux qui, détachés de toute racine, avaient connu ces cités lointaines ; de ceux qui passaient les frontières, de ceux qui sur les avenues noires, trouées de feux électriques, entraient dans les hôtels illuminés. Il rêvait d'accéder à ce monde, d'être un jour l'homme de ce couple inconnu, distant, indifférent au regard des autochtones, provenant d'un autre genre d'existence, mené là par des mobiles que l'on ne pouvait deviner. C'était ainsi qu'il fallait vivre, soustrait à la répétition prosaïque des jours et des visages. Il était impossible à l'enfant de déceler tout ce que prophétisait une telle songerie.

Il revint prendre place dans la voiture, qu'il fit avancer dans la cour en partie pavée de vieilles dalles bossues, et plantée de quatre tilleuls en carré. De part et d'autre, s'alignaient une ancienne grange servant de garage, des remises et une écurie qui communiquait, à l'arrière, avec un enclos potager. Au fond, s'élevaient les six travées de la façade à un étage, couverte d'une glycine et d'une vigne vierge.

Louise, descendue de la voiture, contempla le décor avec curiosité.

— Je ne m'en souvenais pas comme ça…

— Ça paraît toujours plus petit, quand on revient, n'est-ce pas ?

Une odeur de poussière, de vieux bois et de pierres d'escalier les enveloppa dès le vestibule, que meublaient un vaisselier ancien, une table supportant le téléphone, un portemanteau. Sur un panneau en forme de blason, un trophée de sanglier était entouré de plusieurs paires de cornes. Des cadres peints en noir présentaient des gravures d'oiseaux dans le genre Audubon.

— De ce côté, la cuisine, annonçait Nicolas en indiquant une porte à droite ; derrière, la salle à manger, et là, le salon.

— Oui, oui, je m'y retrouve…

Elle le suivit. Le salon, meublé d'un mélange où prédominait le style Louis XVI, ouvrait par deux portes-fenêtres sur l'arrière de la maison. Une terrasse de ciment fendillé où poussaient quelques herbes, jalonnée d'urnes, communiquait par trois marches avec le jardin que bornait, trente mètres plus loin, un ruisseau affluent de l'Arre. Un petit kiosque dans le goût oriental, en assez mauvais état, se dressait sur la rive.

— C'est joli, murmura-t-elle. Le jardin aussi, je le revoyais plus grand. J'y ai souvent eu peur.

— Est-ce que tu te souviens du bureau ?

On accédait par le fond du salon à la pièce appelée le bureau. C'était autrefois la pièce réservée de la grand-mère, son boudoir ; il y avait là des étagères à livres, une table de travail avec des casiers et des tiroirs, beaucoup de bibelots et potiches. Ça sentait l'humide et le solennel. Les enfants n'avaient presque jamais le droit d'y entrer. Ils s'y introduisaient parfois en cachette, par la fenêtre.

La pièce, où demeuraient quelques meubles, semblait à présent curieusement vide, désertée.

— Il devait y avoir là des correspondances, des paperasses relatives à l'usine Maudon, des trucs comme ça... Ma mère a fait le tri, je ne sais pas ce que c'est devenu.

Louise s'en fut explorer le côté cuisine, tandis qu'il vidait la voiture. Quand il revint, elle fumait une cigarette, à demi assise sur le bord de la table. Ils ouvrirent les volets, remirent en route le vénérable Frigidaire aux formes arrondies, rayé par endroits et devenu jaunâtre, qui émit, avant de se décider à fonctionner, un long et pénible gémissement métallique. « Une pièce de collection », sourit Nicolas.

À sa disparition en 1978, Gabrielle Maudon avait organisé sa succession depuis longtemps. Des années auparavant, elle avait donné à sa fille Antoinette, en avancement d'hoirie, des terrains et des bois dont la vente avait permis à celle-ci et à son époux d'acquérir leur villa. Une fois tout estimé, sa seconde fille, Madeleine, la mère de Nicolas, s'était retrouvée propriétaire de la maison de Vernery, qu'elle tenait à conserver. Douze ans plus tard, le mari de Madeleine, François Rubien, devenu veuf, était demeuré le maître des lieux, ce qui relevait de l'ironie du sort, vu son indifférence envers la bâtisse, et surtout sa détestation cordiale de tout ce qui se rapportait à la grand-mère Maudon et au reste de la famille, feu son épouse exceptée. Il avait proposé à Nicolas et à ses deux sœurs de leur donner cette maison, qu'il appelait avec agacement « la maison mère » ; mais, comme personne ne savait que faire du cadeau (la conserver à trois était compliqué, et aucun ne se déclarait en état de racheter la part des autres), il avait décidé d'attendre : « Je vous donne une clef à chacun, on partage la *taxe frontière* et on verra. » (Sa manie de déformer les mots ou expressions de la vie courante prenait avec l'âge des proportions presque alarmantes.) Le vétérinaire de Villefleurs considérait que ses sentiments personnels n'avaient pas à entrer en ligne de compte : il lui incombait de transmettre cette propriété à laquelle Madeleine Rubien, née Maudon, avait été attachée ; transmettre, c'était son mot.

Il leur restait à prendre possession de l'étage. Celui-ci comportait huit pièces dont la plus petite, dans les années soixante, avait été transformée en salle de bains. Quelques objets abandonnés dans le couloir — un ballon, un parasol replié, un lecteur de CD hors d'usage — témoignaient de séjours effectués par les sœurs de Nicolas et leurs enfants. Nicolas posa la main sur le bras de sa cousine et l'emmena dans le couloir, à leur gauche. Il ouvrit une porte et ils entrèrent.

— Ce sera ici, annonça-t-il.

En silence, elle considéra la chambre où la lumière du dehors filtrait par deux fenêtres aux volets fermés. Un puissant lit ancien, flanqué de tables de chevet à dessus de marbre, en était l'élément principal. Surmontant la tête de lit, un crucifix d'imposantes dimensions retenait encore un rameau de buis bénit devenu jaune comme de la paille. À côté, une armoire à glace à une seule porte, haute et sombre. Entre les deux fenêtres, une commode à trois tiroirs s'ornait de quelques bibelots : bourse en résille à fermoir d'argent, statuette de la Vierge de Lourdes avec son petit bénitier, et une pendule, lourd parallélépipède noir à cadran rond, surmonté d'une déité allongée, dans le goût louis-philippard.

En face de l'armoire, une cheminée de marbre et deux fauteuils crapauds.

Sur les murs, intouchés depuis sa disparition, les portraits installés jadis par Gabrielle Maudon : son mari Étienne et, pour l'essentiel, des gens de sa famille.

Nicolas déposa sur le lit le sac de plastique contenant draps et taies d'oreiller.

— Il faudrait aérer... Je vais monter du bois pour la cheminée, ça sent un peu l'humide, avec la rivière... On pourrait dîner en bas, et préparer le dessert ici ? Avec une bonne flambée, on serait bien, non ?

Elle approuva.

Il disposait sur la commode, orientées vers le lit, trois photos glissées dans des cadres sous verre, qu'ils avaient eux-mêmes apportées.

*

Ils sortirent à l'heure où le soleil déclinant allongeait dans les rues de larges pans d'ombre. Louise avait changé de robe et passé sur ses épaules, sans enfiler les manches, un gilet de lainage fin qu'un seul bouton retenait au cou, retrouvant ainsi, songeait Nicolas, une attitude typique des femmes d'autrefois, à son souvenir du moins, au temps où l'on appelait ce genre de vêtement un cardigan.

Cette bourgade, à laquelle seules une place et deux rues commerçantes donnaient des allures de petite ville, éveillait à tout instant des souvenirs. Ils avaient rêvé de reparcourir ensemble ce pays ancien où s'était déroulée une part de leur enfance, dans un autre temps, en des lieux d'où le siècle et la vie tendaient à se retirer (eux-mêmes avaient fait partie de cette vie qui s'éloignait vers d'autres décors) ; ces pays de vieilles maisons, d'horloges vernies qui tintaient au fond des corridors, ces pays d'armoires de grands-mères avec des sachets de lavande ; ces pays de fermes à l'odeur puissante de baratte et de paille, à l'accent lourd de glèbe avec des mots de patois ; ces pays où passaient les voitures des gens qui n'étaient *pas d'ici.* C'étaient eux, maintenant, que regardaient au passage les gamins qui jouaient, sur le dallage s'inclinant vers l'Arre, en contrebas du café où ils allèrent s'asseoir : *Le Rendez-vous des pêcheurs,* vaste bâtiment des années trente où s'étalait encore fièrement l'inscription DANCING. Ici même, non loin du pont aux arches blanches rongées, plongeant leurs piles dans une couronne de branchages et de débris bloqués par le courant, Louise fillette, à l'endroit où se trouvait alors une barge hors d'usage qui était un repaire de jeu, Louise avec ce joli visage pointu (c'est le mot qui venait à l'esprit de Nicolas, la bouche et le nez se portant légèrement vers l'avant, bouderie et provocation), lui avait, la première, tenu d'innocents propos salaces qu'il peinait à comprendre. Ils devaient avoir neuf ou dix ans.

Ils s'étaient assez peu fréquentés dans leur enfance. Louise et ses parents vivaient à trente kilomètres de là, et l'on ne se retrouvait chez la grand-mère de Vernery que lors d'assez rares réunions de famille, et pour quelques jours de vacances au cours desquelles il voyait sa cousine.

À partir de l'adolescence, ce ne fut plus que par l'intermédiaire de sa mère, de loin en loin, que Nicolas sut quelque chose de la vie de Louise ; c'était un récit à distance et par épisodes, dont la caractéristique la plus frappante était d'être à peu près continuellement malveillant. Louise s'était mariée jeune avec un camarade de lycée, ils avaient eu une petite fille ; jusque-là, rien à dire. Nicolas, à cette époque, réprouvait le mariage et ne parvenait pas à comprendre que l'on fermât sa vie aussi vite. Quel manque d'imagination, de confiance dans l'existence, d'exigence aussi, que de se livrer ainsi au premier couillon qui vous a merdaillée au bal du samedi soir ! Peut-être Louise était-elle, par la suite, arrivée de son côté à la même conclusion, car, une dizaine d'années plus tard, il apprit qu'elle était séparée de son mari et (expliquait Madeleine Rubien d'un air entendu) « menait sa vie » — il fallait comprendre : avait des amants. La rumeur indiquait même que le premier d'entre eux avait été son supérieur hiérarchique, dans l'agence immobilière où elle travaillait, moyennant quoi elle était montée en grade.

Du coup, le dénigrement avait reflué sur le passé. Elle n'avait jamais été « sérieuse ». À quinze ans déjà, elle minaudait pour attirer l'attention des hommes. On en venait alors au principe de tout : elle « tenait ça de son père ». Madeleine Rubien, née Maudon, ne parlait guère de sa sœur que comme de « cette pauvre Antoinette », une femme timide, gentille et pieuse, dévouée à ce Raymond Herdoin qui, disait-on, « n'était pas fait pour elle », à moins que ce ne fût elle qui n'était pas faite pour lui, Raymond Herdoin étant (comme avant lui son père) ce qu'on appelait un « coureur ».

Bref, la cousine Louise Herdoin était une salope — en langage Maudon : une gourgandine. Mais justement, alors que son mariage précoce l'avait fait soupirer de commisération, Nicolas en fonction de ces faits nouveaux s'était mis à la trouver intéressante ; il s'était quelquefois demandé quelle femme elle était devenue, quelles pensées et quels désirs, par-delà ce qu'on disait d'elle, animaient une vie vécue, et de quelles tensions celle-ci était faite.

Il regretta de l'avoir perdue de vue. Il n'y songea pas souvent, ni longtemps, ni avec beaucoup d'attention, mais en acceptant, quelques mois plus tôt, l'invitation au mariage du fils d'un autre cousin (un Maudon au second degré), lequel avait trouvé amusant le projet de « réunir la génération », il n'excluait pas, rétrospectivement, que c'eût été, de façon à demi consciente, dans la perspective d'y revoir Louise. De fait, elle y était ; et dans les cinq minutes, leur désir de rapprochement s'était fait sentir comme une évidence.

Elle affirma un peu plus tard qu'elle avait

failli ne pas venir, et ne s'était décidée qu'au dernier moment. Vrai ou faux, un propos comme celui-là jette après coup, sur le hasard des rencontres, un frisson d'inquiétude que l'on aime éprouver.

*

Après un café au *Rendez-vous des pêcheurs*, ils continuèrent leur tour vers ce qui avait été autrefois la maison Herdoin, du côté, donc, du père de Louise.

La maison Herdoin, au temps de sa splendeur, s'était composée de la bâtisse d'habitation, toujours debout et désormais occupée par un cabinet médical ; d'une cour encadrée jadis par les ateliers, transformés depuis en « surface de vente » de matériel agricole ; et un peu plus loin, entre voie ferrée et rivière, des hangars où l'on entreposait les grumes venues du Morvan par flottage.

Joseph Herdoin, le grand-père paternel de Louise, avait régné sur tout cela jusqu'à sa mort en 1966.

On racontait, sur ce personnage, bon nombre d'histoires plus ou moins mystérieuses (et plus ou moins arrangées peut-être), qui en faisaient une *figure* de Vernery. Nul n'avait oublié l'enlèvement de son fils Joël, enlèvement auquel il procéda lui-même afin de l'installer à Niort, chez de lointains parents du côté de sa mère. Il n'était pas certain que le jeune homme eût jamais su pourquoi il avait été ainsi transplanté, et pour ainsi dire marié de force, là-bas, dans les Deux-Sèvres. Le tout-Vernery n'avait pas tardé à comprendre, la raison de ce rapt était bien simple, mais les faits et gestes de Joseph Herdoin comportaient bien des mystères plus épais et plus anciens. Personne n'avait jamais pu définir son rôle exact dans les tractations familiales ayant entouré, au début des années vingt, le mariage de sa jeune cousine Pauline avec un certain Salambert, « vieil ami » de feu sa mère — mariage qui huit ans plus tard avait eu pour résultat la pure et simple disparition de ladite Pauline — disparition était bien le mot, nul n'avait jamais su ce qu'elle était devenue. On retrouvait encore la patte de Joseph Herdoin dans un ténébreux épisode de l'été 1944 ; une histoire de résistants arrêtés quelques mois plus tôt par la Gestapo ; un délateur anonyme ; des soupçons ; un suicide suspect pour finir. L'affaire, par la suite, était devenue un cas d'école pour les historiens et les sociologues, après avoir été étudiée en détail, et sans qu'il en vienne à bout, par un universitaire dijonnais, sous le titre *Le pendu de Vernery-sur-Arre, mécanismes du tabou dans la mémoire locale.*

Ces histoires, qui seront contées en leur lieu, posaient le vieux Herdoin comme le type accompli du patriarche, menant ses affaires sans rendre de comptes et, suivant l'expression consacrée, « emportant ses secrets dans la tombe ».

Son fils aîné, Raymond, avait dans les années cinquante travaillé dans l'entreprise paternelle, hésitant toutefois à reprendre l'affaire. À la mort de son père, il n'avait plus balancé très longtemps. Le meuble industriel triomphait ; le bois de charpente commençait d'arriver depuis le nord de l'Europe, prédécoupé et souvent préassemblé sur des wagons ; l'entreprise Herdoin, scierie, bois en gros, contreplaqués, etc., ne se survivait qu'à peine. On avait tout liquidé. Raymond était devenu concessionnaire des voitures Peugeot.

Nicolas, depuis le début de la promenade, laissait errer son regard sur les façades de Vernery.

— Tu as vu le nombre de maisons à vendre ? À peu près une sur deux… C'est ahurissant. On dirait que personne ne veut plus habiter là. Les gens se donnent un mal de chien pour s'installer dans ces ignobles bicoques, à l'extérieur de la ville, entre Champion et Jardiland, à deux pas de ronds-points gazonnés où trônent de grotesques œuvres d'art. C'est tout le paysage humain qui change. La maison des anciens ne leur suffit plus…

Louise haussait les épaules :

— La maison des anciens, tu en as de bonnes. Toujours à bougonner que tout était mieux avant. Qu'est-ce que tu veux qu'ils foutent, dans ces vieilles bicoques ? Les escaliers sont étroits, les fenêtres trop petites, la plupart du temps tu ne peux pas aménager un living convenable.

— Ouais, ouais. Et puis sinon, comment on leur en vendrait des nouvelles en esquintant le paysage ?

Entre Louise, qui travaillait toujours dans l'immobilier (à Fontainebleau) et l'architecte Nicolas Rubien, le thème était devenu occasion de ces provocations qui les amusaient. Louise reprenait la balle au bond : « Toi tu es un créateur profond, un architecte visionnaire, et moi je suis une salope qui fait du fric en vendant des clapiers. La salope s'incline devant ton génie. Elle suce la queue de ton génie. »

— De toute façon, ça n'est pas perdu pour tout le monde, reprit-elle. Il y a des sociétés étrangères qui achètent en France, dans des endroits comme ici, les trucs dont personne ne veut. Maisons, propriétés, forêts... Ils sont riches, suffisamment pour faire ce genre d'investissements avec la conviction que dans cinquante ans les espaces à climat tempéré et à faible démographie acquerront de la valeur. C'est ce qui est bizarre : ils ont le temps d'attendre. Nous croisons des gens qui travaillent pour eux, mais nous les connaissons mal. Dans la profession, on les appelle les Martiens. Personne ne sait qui est derrière. Cela passe par des institutions bancaires, puis ça se perd à Shanghai, des endroits comme ça. Ils ne vous ont jamais contactés pour la maison ?

— Je ne crois pas... On va jusqu'à l'église, maintenant ?

L'église, signalée par des pancartes de couleur marron (abbatiale, XVe siècle), se dressait sur une éminence que consolidaient des murs de soutènement. On accédait à cette espèce de plateau par un escalier d'une vingtaine de marches. Enfant, Nicolas avait souvent entendu nommer cette terrasse « le cimetière ». « J'ai rencontré Mme Unetelle *sur le cimetière* », disait par exemple Gabrielle Maudon. Il devait avoir sept ou huit ans lorsque l'on avait entrepris de reconstruire le vieil escalier aux marches disjointes, arrondies et creusées par l'usage. Les excavations pratiquées pour l'occasion avaient mis au jour des ossements, des crânes, et pendant un après-midi les enfants du voisinage, dont c'était la coutume d'aller jouer « sur le cimetière », s'étaient exclamés d'horreur ravie en faisant la connaissance de ces anciens habitants. Ils avaient eu du même coup la réponse à la question de savoir pourquoi cet endroit s'appelait le cimetière — question qu'ils ne s'étaient d'ailleurs jamais posée.

Nicolas souhaita faire un détour préalable

afin d'aller saluer, dans la ruelle contournant le chevet, une rareté locale : la statue de l'architecte. Vers la fin du xve siècle, quelqu'un avait eu l'idée de représenter le bâtisseur de l'abbatiale ; cette effigie, installée par la suite sur un socle avec une inscription, était une des premières figurations en Occident de l'architecte, l'un des rares dont on sût le nom. Aujourd'hui, bien sûr, Nicolas lui vouait un culte tout particulier.

L'érosion en avait fait une sculpture abstraite, un monstre difforme et presque sans visage qu'on aurait pu croire sorti d'un mauvais rêve de Rodin.

— C'est de pire en pire. Je ne l'avais pas vu depuis longtemps, mais j'ai l'impression que ça s'aggrave…

Enfin ils entrèrent dans l'édifice. Nicolas s'approcha du bénitier et se signa. Un saint Jacques, tout près de la porte, rappelait que l'on se trouvait sur la via Lemovicensis, l'un des chemins de Compostelle. L'aménagement intérieur de l'abbatiale avait été depuis longtemps modernisé. Nicolas se souvenait de la messe préconciliaire, encore à l'honneur ici quand il avait six ou sept ans. Les hommes et les femmes étaient séparés ; il allait avec les femmes, revêtues de chapeaux ou de mantilles, « dans le banc », le banc réservé à Mme Veuve Maudon et marqué à son nom, auquel on accédait par une petite portière que fermait un loquet. Il avait gardé un souvenir lancinant et fort de ces messes dominicales, au cours desquelles il s'ennuyait ferme, tandis que se succédaient les formules en latin ; il farfouillait dans le sac de sa mère, feuilletait le missel d'où tombaient de vieilles images de communions et de baptêmes. Le curé montait en chaire et, lorsqu'il entamait son sermon par la formule « mes bien chers frères », l'écho répétait « frères, frères... ». Il éprouvait une émotion intense au moment où retentissaient, dans l'odeur de l'encens, les clochettes qu'agitait l'enfant de chœur à l'Élévation. Sur des consoles, dans le bas-côté, alternant avec les scènes peintes du chemin de croix, s'alignaient des statues, Jeanne d'Arc avec son drapeau, sa cotte de mailles et sa jupette en tôle, le curé d'Ars tout bronzé, efféminé, avec ses beaux cheveux blancs, son aube immaculée sur la soutane noire.

Et puis il y avait le confessionnal.

— Moi, j'aime bien les confessionnaux, disait-il à Louise, plus éloignée que lui de cette ambiance du catholicisme qui avait pourtant baigné son enfance à elle aussi. Je trouve ça fascinant, ce meuble qui tient de la penderie, de la vespasienne et du Photomaton... Ce lieu de l'impossible accès à la vérité des grandes personnes. Je me battais les flancs, moi, pour trouver des péchés à confesser ; mais que pouvaient bien dire les grands ? C'était chargé, tout ça, bourré de secrets. C'est là qu'ils déversaient tout ce dont ils ne savaient que faire, les pensées affreuses, les passions, les tourments cachés. Dans ces vieux ais, à travers ces grilles de bois, ont sifflé comme des vents coulis les lubricités, les haines, les incestes, les viols et les fantasmes. Le confessionnal a quelque chose à voir avec le lit, du côté de l'aveu. N'imaginerait-on pas que les tenons et les mortaises, les chevilles et les queues-d'aronde tenant debout cet assemblage ont bien souvent craqué, sous la chaleur et l'énergie des turpitudes et des misères qui y furent détaillées ?

Lorsqu'ils furent ressortis, Louise s'arrêta soudain, lui sourit et se serra contre lui :

— Ça me plaît, de t'entendre parler. N'importe qui d'autre m'ennuierait avec ce genre de trucs. Mais pas toi. Ça doit être ta voix qui le fait…

Ils accomplirent un détour pour revenir vers la grande place, suivant un boulevard en arc qui longeait les anciennes fortifications. Depuis la nuit des temps celles-ci avaient été transformées, transsubstanciées, muées en habitations : des fenêtres et des portes avaient été percées dans les murs, les fossés étaient devenus des jardins potagers où se voyaient par endroits des meubles en plastique blanc, une balançoire multicolore. De l'autre côté du boulevard s'alignaient les maisons plus humbles du faubourg.

Des vitrines de bois étaient surmontées d'enseignes flétries : « Reloud, cordonnier, tél. 35 ». « Café-restaurant du Marché ». Et même un optimiste : « Tout pour vous plaire ! Mode, lingeries, articles de Paris ». Ils retrouvèrent l'épicerie que tenait autrefois une vieille demoiselle hors d'âge, où les enfants dépensaient leurs sous en caramels, en sucettes et en chewing-gums Malabar. Nicolas, toujours disert, commentait cette extinction d'anciens commerces :

— Jadis, cette région participait au courant de prospérité qui, venu de la Flandre et du monde hanséatique, descendait vers la vallée du Rhône, poussait une pointe jusqu'à Narbonne et, de l'autre côté, traversait l'Italie du Nord. Elle n'en profitait que latéralement, par ricochet, mais tout de même. L'intensification des communications l'a vidée. Tant qu'il y a eu le train et la fabrication des ustensiles ménagers, les casseroles Maudon, ça allait encore. Puis le site a été fermé. On a tracé le contournement routier et les gens de Vernery ont accueilli comme un soulagement ce qui allait les tuer. L'autoroute passe à douze kilomètres, le TGV à dix. Vernery, qui comptait trois hôtels, est à peine une ville-étape pour les touristes de Hollande ou d'Angleterre désireux de visiter la Bourgogne et de descendre dans le Midi. Or, en même temps que la richesse, le cœur des hommes fuyait ces lieux. Est-ce que tu ne sentais pas, toute petite, qu'il faudrait fuir ? D'ailleurs tu l'as fait. Nous avons entendu cet appel, nous et beaucoup d'autres, sans connaître la raison économique qui le justifierait. Tu connais l'histoire du joueur de flûte de Hamelin, qui emmène avec lui tous les enfants de la ville ? Eh bien, nous entendions le joueur de flûte… Qui était-il ?

Après deux heures de promenade, ils regagnèrent la maison, où ils entreprirent de se préparer de quoi dîner.

— Ça me plaît d'être dans cette maison avec toi, dit-elle. J'ai l'impression que je n'ai rien à y faire, que c'est une sorte d'effraction ou d'occupation illégale des lieux.

— Tu te sens gênée ?

— Non. C'est même plutôt excitant. C'est étrange de se retrouver là. Toi tu es revenu entre-temps, mais moi non, je revois juste grand-mère et mes parents…

Il s'occupait à déboucher une bouteille d'aligoté.

— De toute façon, dit-il, nous sommes le fruit des trahisons, des dégénérescences et de l'entropie. J'aime bien l'histoire familiale. Pendant des années je m'en suis complètement foutu, et maintenant ça m'a repris. Pas à la façon de grand-mère, qui ne faisait que de l'hagiographie, tout était bien, tout était édifiant… Oui, c'est une histoire de trahison. Les deux filles Maudon épousent, l'une, le rejeton de culs-terreux enrichis (c'est de ton père que je parle, Louise), l'autre, comble d'horreur, un demi-Juif des faubourgs de Paris, à savoir mon papa. Il me semble que la grand-mère Gabrielle en fut d'autant plus marrie qu'elle-même n'avait pas reculé devant l'héritier des casseroles... Elle, une *Purjus de la Souche*!

— Où tu as pêché ce nom?

— C'est mon père qui s'amuse à dire ça, quand par hasard il en parle. Il ne pouvait pas la blairer. Tout ce monde-là pourrait entrer dans un roman-fleuve en huit volumes, écrit dans les années trente par un romancier humaniste chrétien. *Les Purjus de la Souche.* Gratien Purjus de la Souche, colonel d'infanterie coloniale, 1850-1912. Son frère cadet, Alphonse Purjus de la Souche, président du tribunal d'instance de Pithiviers, bâtonnier de mon cul, etc. Leur fils et neveu Charles Purjus de la Souche, le penseur de la famille, délégué local du PPF à partir de 1940. Tous capables de citer au dessert deux vers de Corneille, le plus souvent empruntés à Lamartine. Dans la bibliothèque, le *Génie du christianisme* — coupé jusqu'à la page 38, ça suffit bien puisqu'on est d'accord. Convaincus que des Juifs ne peuvent pas vraiment assimiler l'âme française. Tous ces gens-là redoutent le communisme de 1917 à 1989 inclusivement — sans jamais s'apercevoir que la destruction de leur monde provient du camp adverse. C'est tout le problème de la droite : d'un côté elle est traditionaliste, de l'autre elle est pour le libéralisme, alors que ces deux tendances sont incompatibles. Les Purjus existent encore. Ils vont à la messe du Roi et font des enfants à ne plus savoir où les mettre. Ils servent à faire croire qu'il existerait encore une France réactionnaire et cléricale plus ou moins menaçante, ce qui rend service à ceux d'en face — car c'est toujours vous rendre un grand service que de vous aider à ne rien comprendre du tout. Voilà d'où je sors à cinquante pour cent, et toi aussi ! En face, mon père, fils d'un Juif d'Ukraine devenu coiffeur à Belleville, et d'une goye grandie à l'enseigne du *Postillon d'argent*, la dernière gargote de Paris où l'on pansait encore les chevaux des maraîchers vers 1930. On distingue toujours l'enseigne peinte, au-dessus des fenêtres du premier étage. En dessous il y a un shoarma et une boutique de fringues, *Anne-Carole prêt-à-porter*, récemment reprise par des Asiatiques. Soit dit en passant, il est quand même troublant que ma première réalisation d'architecte ait été justement des relais autoroutiers... Louise, jamais je n'aurais pu refaire maintenant ce chemin sans toi. Pourquoi l'origine nous menace-t-elle ? Pourquoi avons-nous, en même temps que la nostalgie, cette secrète horreur du temps passé ? Toutes ces choses ont leur poids, elles contribuent à localiser notre centre de gravité. Nous ne pouvons être ni avec elles, ni sans elles. La question n'est pas de savoir si nous aimons ces lieux, et les souvenirs, et les êtres disparus dont l'image et l'écho s'y attachent. Ils existent pour nous. C'est cela, la survie des morts. Ils sont là. Ils imprègnent l'air et les murs…

— Eh ! Tu as décidé de jouer à te faire peur ?

— Je n'ai pas dit qu'ils nous voulaient du mal. Il s'est passé ici quelque chose d'énigmatique : notre enfance. Du moins en partie. Comme le confessionnal, ces armoires, ce bureau de grand-mère, étaient les tabernacles de toutes les choses tues. Nous ne rouvririons plus ces portes, mais tout à l'heure, dans la chambre, nous mettrons au jour une vérité simple et violente qui nous délivrera.

— *Dénudement*, murmura-t-elle.

Ils dînèrent dans le salon, devant la porte-fenêtre ouverte sur le jardin. Des réminiscences s'opéraient, rapportant non pas de vrais souvenirs bien rangés, identifiés et accessibles, mais des bribes, des lambeaux, des déchets qui avaient, davantage peut-être que les grands événements, donné au temps sa couleur : les lignes d'ombre et de lumière au plafond pendant la sieste ; le velours râpeux d'un fauteuil rouge qui picotait les jambes ; les objets pieux, l'odeur de voiture dans l'ancienne grange. Tout cela composait un monde lourd d'arrière-plans ; ambiance indéfinissable d'un moment, fragment d'une chanson, parole d'un adulte captée au passage et Dieu sait pourquoi retenue, entrant dans l'hypothèse d'un moment sur quelque secret de la vie et du monde, bien vite oubliée. C'était comme des jouets que l'on retrouve, sales et tout cassés, le tout affecté d'un inexplicable coefficient d'inquiétude dont les préservait la pensée des corps proches, de leur complicité, de leurs impudeurs. Que s'était-il passé ici, dans les dimanches pluvieux, dans les pas de la grand-mère Maudon se rendant à la messe, dans les anecdotes du moment, le boucher de la rue Haute poursuivant la voisine avec son couteau un jour de délire éthylique, la colère du curé en chaire à propos d'une histoire d'argent qu'on l'accusait de détourner ?

— Je repense souvent à tous les gens que nous avons vus vivre ici. Ce n'est qu'en devenant à notre tour adultes que nous pouvons nous interroger sur ce qu'ils étaient. Quand j'étais petit, les gens me paraissaient normaux. Je considérais qu'ils étaient ce qu'ils disaient être, ce qu'ils laissaient voir. Les conversations courantes, la lecture du journal, le déjeuner du dimanche, l'observance des règles élémentaires de la vie sociale. Ils se conformaient à tout cela, mais nous savons bien, à présent, que c'était faute de savoir que faire du reste, de ce qui bouillait dans la marmite. Ils étaient désarmés, ils ne savaient pas comment faire autrement. Ils y passaient tous. Il y avait quelque chose de caché ici, dans ces murs, dans ces pièces, dans le tintement de l'horloge, dans la voix de la grand-mère Gabrielle expliquant qu'elle avait rencontré Mme Unetelle sur le cimetière ; quelque chose de caché dans le gâteau dominical et les objets de piété, dans le son des mots Assomption, ou Toussaint, ou Carême. C'était un univers riche, peuplé de morts, de secrets, de vieilles paperasses et de mots couverts. De morts couverts. De moi couverts. La grand-mère Maudon faisait planer sur tout de la convenance et du silence. Elle ne savait même faire que ça. À se demander de quels épouvantements la vie avait pu la frapper pour qu'elle tînt à ce point les distances... Sans doute est-ce pour cela que nous pouvons nous donner les bonheurs du *dénudement*, afin de restituer à cet univers son véritable statut de construction, d'artifice, comme tous les mondes humains. De tous ces mondes surgit parfois l'aveu, entre deux êtres, que ce qu'ils veulent exclusivement, c'est la nudité, l'avidité, le heurt furieux des corps, comme s'il s'agissait de briser des obstacles. Aveu terminal, aveu limite qui les ramène à l'énigme de la chair.

— C'est incroyable, tout ce que tu trouves à raconter... Et moi j'aime ça.

Louise avait tiré et attaché ses cheveux à l'arrière. Nicolas l'y incitait, disant que son visage ainsi était plus nu, et qu'il n'avait jamais comme avec elle trouvé sur un visage le sentiment érotique de la nudité.

*

Des trois photographies qu'avait déposées Nicolas dans la chambre, deux avaient été soustraites par Louise à un vieil album qu'elle tenait de sa mère.

L'une datait des années vingt. On y voyait, dans deux médaillons inclus en un seul montage cartonné, une très jeune femme à l'expression effarouchée, à côté d'un quinquagénaire au nez long, à la moustache arrogante, l'œil allumé d'une pointe d'ironie qui n'était peut-être qu'une tache survenue au développement de l'épreuve (ce que les vieux professionnels appelaient une pétouille). Cette jeune femme était Pauline, la jeune cousine du grand-père Herdoin, mariée en 1921 au nommé Salambert.

La deuxième photographie, plus récente — années cinquante —, représentait des mariés, sous le portail d'une église, elle avec sa robe blanche, son voile, son bouquet à la main, lui en costume sombre, avec sur le visage un air d'ahurissement et de consternation surprenant, *a priori*, en une telle circonstance. Cet homme était Joël, l'oncle de Louise.

C'est Nicolas qui avait fourni la troisième, découverte dans un vieux livre acheté sur les quais. Énigmatique, elle l'était par l'impossibilité de savoir qui étaient ces gens — mais bien plus encore par son caractère intensément pornographique. Le mystère venait du fait qu'il ne s'agissait manifestement pas d'une photo licencieuse réalisée par des professionnels afin d'en faire commerce, mais bien plutôt d'un cliché d'amateur que trahissaient le format, le tirage, la qualité assez médiocre de la prise de vue. Dans quelles circonstances et par qui ce couple banal avait-il accepté d'être saisi nu, sur un lit, dans une posture singulièrement obscène ? On se perdait en conjectures.

« J'aime que notre liaison se soit nouée au cours d'un mariage », lui avait écrit Louise, après qu'entre Paris XIe et Fontainebleau s'était établi un échange de courriers électroniques. Lui aussi aimait cela. Ç'avaient été des instants délicieux que ceux au cours desquels, durant cette fête, ils avaient senti qu'ils étaient complices. Tout se passait comme si chacun n'était là que dans l'espoir de retrouver l'autre ; comme s'ils s'étaient fixé, à leur insu, dans la distance des années, un rendez-vous secret. Illusion rétrospective ? Pourtant, il leur semblait que des influx, des signes, des informations venues du fond de l'existence le demandaient, ce rendez-vous, et qu'ils avaient répondu à la première occasion.

— Arrête-toi là un instant, avait-elle dit, dans la voiture de Nicolas où, à l'issue de la fête, ils avaient pris place pour retourner à leur hôtel.

Il avait obéi. Alors elle avait ouvert son chemisier en se tournant vers lui pour lui présenter ses seins, retenus dans un bref soutien-gorge noir ; puis, dans la pénombre, elle avait dégrafé une attache et il avait vu se tendre vers lui leur éblouissement nu. Ils s'étaient caressés avant de repartir, afin d'aller continuer dans une chambre.

Mais davantage que l'attrait de cette offre immédiate, ce qui avait très vite séduit Nicolas, et qu'elle partageait, était le sentiment, une quasi-prescience, qu'ils en étaient venus tous deux, par des chemins différents, à un état présent susceptible d'engendrer et de nourrir une connivence très singulière et précise, avec la part de secret que suggère le mot. Aucune de leurs étreintes qui ne fût habitée par la joie de remporter contre le temps une victoire inespérée. C'est ce qui les avait menés là. Se livrer comme ils le faisaient, comme ils allaient le faire, à leur seul désir, dans cette vieille chambre, en exposer le déploiement à ces meubles, à ces murs, à ces photos, les posait détachés face à l'origine, à leur parenté, aux silences et aux rétentions de cet univers, les exprimait dans la seule langue qui convînt, la leur, celle qu'ils inventaient.

C'était comme revenir sur le manuscrit d'un livre pour le corriger, refaire des paragraphes, introduire des épisodes manquants. Le temps réel n'offre guère habituellement de telles possibilités.

Ils affirmaient ici leur parenté profonde, dans le même temps qu'ils la subvertissaient avec éclat. Ensemble seulement ils pouvaient faire ce pèlerinage, convaincus d'en conjurer les maléfices à travers les intimes et violentes splendeurs, de ce qu'ils nommaient *dénudement*, et qui était bien plus que le dévoilement des corps. Ils allaient donner représentation — à qui ? à eux-mêmes ? à ces morts en photo ? Quelque chose en tout cas voulait être produit, proféré, sans rien céder à ces atténuations que la tendresse et même parfois l'ardeur font subir à la vérité de la chair. Leur lien excluait ces manifestations qui voilaient les actes ; leur désir, à l'inverse, était de les assumer en toute lucidité. Le geste érotique se voulait déclaré, regardé, mis en évidence. Ils aimaient les miroirs ; ils s'arrangeaient pour leur présenter le plus précis de leurs gestes. Les paroles participaient à cet effort d'exposition. Ils aimaient que le lit fût dépouillé de tout, sauf d'un drap blanc, et que la scène bénéficiât de toute la lumière ; le jour blême filtré par les rideaux, dans une chambre d'hôtel, leur avait paru — au même titre que le décor strictement conventionnel de l'endroit —

créer une ambiance à la perfection mathématique.

C'était se soumettre à un rituel ; mais le mot qui leur venait à l'idée était celui de scène. La scène est ce qui se met à part et s'expose ; ce vers quoi convergent l'attention comme la lumière.

D'autres mots leur paraissaient s'approcher de ce qu'ils cherchaient : complaisance ; obscénité ; exhibition ; précision. Ils se plaisaient, avant, pendant ou après, à rapporter chacune de leurs initiatives à ces critères. Le reste du temps ils ne se touchaient presque pas ; tout au plus lui prenait-elle le bras, quelquefois, quand ils marchaient ensemble.

Au bout d'une heure ils s'interrompirent, et continuèrent à boire un peu de vin, tandis que dans la cheminée, le feu ravivé combattait la fraîcheur de la rivière proche. Ils éprouvaient toute la paix physique de l'instant, accompagnée d'une euphorie qu'ils savaient devoir savourer.

— J'aime bien quand tu me parles longuement d'architecture, ou de famille, ou de l'évolution des pays. Comment te dire ? Cela m'environne. Moi je bosse à Fontainebleau dans l'immobilier, je suis divorcée, mon père a failli mourir, ma fille est en Israël chez sa bande de prêcheurs...

— T'inquiète pas, si ça ne lui fait pas de bien, ça lui fera pas de mal. Ils n'ont pas l'air très méchant.

— Mouais... Admettons. Enfin, toi, tu me racontes des histoires, c'est comme si cela me remettait dans un monde. Et puis, tu te rends compte du chemin qu'il a fallu parcourir pour que nous soyons là, toi et moi, à échanger ce que nous échangeons ?

Il la regardait attentivement.

— Tu as une capacité étonnante à être nue. Je n'ai jamais vu une femme aussi nue que toi. Il y a des femmes qui peuvent être très belles et qui, en révélant tout de leur corps, ne sont pas vraiment nues. Toi, lorsque tu es nue, je ne peux pas en faire abstraction.

— J'espère bien.

— Et puis ici, dans ce décor, tu es encore plus impudique, on pourrait dire choquante. Ta nudité fait violence.

— J'espère bien.

Ils restèrent silencieux. Ils se tenaient dans leur présence et leur distance. Ils avaient été enfants ici, puis ils avaient changé de sphère, connu des mondes nouveaux. Ils s'identifiaient à présent à ces gens de passage, ces inconnus, ces gens qui n'étaient pas d'ici — mais l'énigme demeurait qu'ils l'eussent toujours voulu et, en quelque sorte, prévu dès l'enfance. Ils avaient su que ce pays ne les retiendrait pas, ne les retiendrait plus. À quoi s'agissait-il donc d'échapper ? Ils y revenaient pourtant.

— Nicolas, et si c'étaient nous les fantômes ?

Si l'on était en réalité en 1955, l'année des mariages, si nous n'existions encore que dans l'intention de nos parents, et que nous soyons rien d'autre qu'un avenir qui hante ces murs ?

— Les revenants de l'avenir…

— Que faisons-nous ici ?

— Je ne sais pas.

Ils se caressaient en parlant. Il déposait de légers baisers au coin de sa bouche.

— Cherche…

— Je ne sais pas, redit-elle, défaillante.

Elle s'amollissait sous ses doigts.

— Je ne sais pas, mais faisons-le.

— Oui…

Un moment plus tard ils éteignirent, demeurèrent rêveurs dans la pénombre.

Autour d'eux, muets et lointains, les visages des morts demeuraient, dans l'immobilité de verre des temps révolus.

Qui étaient-ils ? Qui prétendaient-ils être ? Des étrangers de passage, des gens qui ne sont pas d'ici, qui jouent un autre jeu. Des enfants de ce monde, qui lui avaient échappé. Ils avaient voulu venir là, dans cette vieille maison, cette chambre depuis longtemps fermée, sur ce lit archaïque, et ils avaient voulu être nus pour prouver qu'ils s'étaient échappés. Ils avaient le privilège d'être l'avenir. Ils avaient — enfin — le privilège de venir là en étrangers, bien décidés à être devenus tels et arborant des lunettes noires.

II

L'ACTE UNIQUE

... L'histoire réelle de ce temps est à constituer. Mais c'est une tâche ingrate, car ce temps ne veut pas de son histoire. Toute généalogie lui semble une atteinte, toute genèse une mise en examen, toute élucidation une injure, tout questionnement une offensive antisociale, toute réserve un refus du progrès ; au mieux, une perte de temps et un ennui. On peut d'ailleurs s'en étonner, car cette histoire est en grande partie glorieuse. Il y a là un paradoxe apparent, qu'il faudrait analyser, mais aussi le cas d'espèce d'une loi générale : il n'y a pas de récit digne de ce nom qui n'affronte des résistances, qui n'aille à leur rencontre, qui ne les sollicite...

Ce que j'ai entrepris est de cet ordre-là.

Ainsi parlait — et il parlait beaucoup — le prophète de l'acte unique.

Très jeune, dans la grande propriété de ses parents, du côté de Bourgoin, il avait joué seul à être roi, jalonnant son domaine de signes et de lieux sacrés, déployant des liturgies, organisant l'espace de sa propre apparition. Il discourait, le sceptre à la main, devant une assemblée de barons et de ministres, et de ses lèvres surgissait la parole juste, le Logos majestueux qui distribuait le bien et le mal, le juste et le faux, le haut et le bas.

Les arbres, peut-être, se souviennent de ce qui fut promulgué en ces étés lointains. Quarante années plus tard, le roi devenu professeur, le basileus résolu en pédagogue, le Carolingien réduit à l'amphithéâtre n'avait pas refaçonné le monde, mais un petit groupe de ses élèves, à l'université de Savoie, lui donna l'occasion de le décrire, non sans ce persiflage qui est la revanche des empereurs inaboutis.

De longtemps, il ne devait pas écrire une ligne de sa main.

J'ai isolé, cerné, dégagé l'événement central, ou pour mieux dire l'acte unique de la société développée dans le dernier demi-siècle.

Cet acte unique, c'est la proclamation du Paradis. Je l'appelle l'acte unique en ce sens qu'il contient ou sous-tend tous les autres actes, toutes les tendances, toutes les prétentions. Notre société — j'entends par là l'ensemble des pays dits « développés » — n'a strictement rien fait d'autre depuis cinquante ans que de proclamer l'avènement du Paradis.

Elle l'a fait de façon implicite, sans s'en apercevoir vraiment. La proclamation du Paradis appartient à ce que j'appelle l'intrigue de notre temps.

L'intrigue, c'est ce qui se passe vraiment, sans qu'on le sache ou qu'on le voie. Par exemple, l'intrigue d'un individu, c'est ce que met au jour (ou prétend mettre au jour) la psychanalyse. On peut aussi se figurer l'intrigue comme une pathologie, un processus interne et caché, produisant des symptômes isolés que le médecin s'efforce de relier entre eux.

Il y a toujours une intrigue ; mais le mouvement naturel des communautés humaines — familles, nations, confessions, tribus — consiste à en voiler l'existence aux individus qui la composent. C'est d'autant plus facile que ceux qui détiennent la parole et, pourrait-on dire, attribuent le sens (parents et maîtres, gouvernants, prêtres et clercs, aujourd'hui agents médiatiques) ne savent pas forcément eux-mêmes quelle est l'intrigue. Mais le fait profond, celui qui doit nous passionner, c'est que la plupart du temps, l'immense majorité des individus ne veut pas la connaître...

Tout avait commencé par une longue conversation, un soir, avec un groupe d'élèves, au cours de laquelle le professeur avait du monde qui était le leur esquissé un tableau différent, peut-être, de ce qui leur avait été proposé jusqu'alors. Il faut croire qu'ils en furent frappés, puisqu'il vint à un de ces jeunes gens, dans les jours suivants, la fantaisie de reconstituer cette conversation par écrit, et de la lui donner à lire.

Le maître, secrètement flatté, prononça quelques commentaires qui furent ajoutés sous forme de notes en bas de page, et le résultat fut publié dans une revue à tirage confidentiel, fondée et animée par le jeune homme.

Cette première publication lui valut quelques lettres d'objections ou de suggestions, dont il donna lecture à son disciple. « Voici ce que nous pourrions répondre à ce correspondant… » L'autre comprit qu'il était invité à le faire, et il s'exécuta.

Ainsi commencèrent les échanges au cours desquels le prophète allait exposer, illustrer, modifier la théorie de l'acte unique. Plus tard seulement, lorsque plusieurs de ses interventions circulèrent et qu'un groupe de sectateurs québécois lui proposa de construire un site Internet, il voulut bien quelquefois rédiger ses réponses à un nombre accru de questions, sous forme de courrier électronique.

On a d'abord considéré que l'Enfer avait eu lieu. L'Enfer pour ce temps ne fut plus une menace, c'est-à-dire une hypothèse, mais une réalité sécularisée et accomplie. Le nazisme et la guerre sont au principe de la proclamation paradisiaque. L'Enfer est là, dans la Shoah, dans les exodes, dans les effroyables destructions que l'Europe s'inflige à cette époque. Ces épisodes ont pour conséquence un mouvement de rejet de tout le passé, en même temps que d'une eschatologie religieuse jugée mensongère et, face à cela, dérisoire.

L'Enfer ayant eu lieu ici et maintenant, tout le discours chrétien du Purgatoire et de la Rédemption s'effondrait; on y vit au mieux une illusion partagée par ceux-là qui la propageaient. Le long Purgatoire des hommes n'avait pas tenu ses promesses de mener à la Rédemption. Il avait mené à l'Enfer, lequel n'avait d'ailleurs pas à être considéré comme une punition, mais comme une pure et simple iniquité.

Le grand perdant, ce fut évidemment Jésus, qui n'avait rien sauvé du tout. La Shoah et les autres abominations de la Seconde Guerre mondiale signaient, aux yeux des contemporains, l'échec historique de Jésus. Il n'était pas ressuscité, il n'avait plus qu'à pendre à sa croix dans l'indifférence générale. Cela posé, il restait à l'homme à devenir son propre rédempteur. Puisque l'Enfer avait pu s'incarner ici-bas par la volonté des hommes, de certains hommes, le Paradis devait aussi pouvoir exister.

L'ordre des rubriques ne fut donc plus désormais Enfer, Purgatoire, Paradis, comme dans le poème de Dante, mais : Purgatoire, Enfer, Paradis ; les trois ne s'organisent plus suivant une gradation verticale, mais sous les espèces d'une brutale aggravation, suivie d'un sursaut salvateur et qui vient d'en bas, qui se passe de la transcendance. Formidable retournement, qui n'a sans doute pas de précédent historique. Et qui, à bien des égards, a réussi ! Lorsque l'histoire jugera ce demi-siècle, il lui faudra bel et bien y reconnaître un âge d'or.

La proclamation du Paradis est l'expression d'un rejet d'autant plus profond que rien ni personne, dans la civilisation européenne précédente, ne peut être absolument disculpé de ce qui s'était passé. Les événements qui se déroulent entre la prise du pouvoir par Hitler et l'effondrement des puissances de l'Axe mettent en accusation toute la civilisation européenne, christianisme, rationalisme, romantisme, scientisme, étatisme, nationalisme...

Il traversa une période euphorique. Il s'amusait de l'aventure, tout à fait imprévue, qui faisait de lui une sorte de Diogène moins la crasse, ou de « maître du haut château ». Il ne croyait guère dans l'abord à ce qu'il racontait ; ou plutôt, il avait parlé sans réfléchir, pour le seul plaisir d'être écouté. Il se prit au jeu, cependant, et finit par juger que sa théorie tenait le coup, au moins d'un point de vue esthétique.

L'autre point de départ qui rend possible la proclamation du Paradis, c'est l'expansion économique, et le progrès technique et social exceptionnels de la période suivante. La civilisation a pu alors se permettre un rejet massif des contraintes matérielles et morales qui s'étaient exercées sur les générations précédentes. Un des points emblématiques de toute l'affaire est la sexualité. L'invention de la pilule anticonceptionnelle au milieu des années cinquante a été au cœur de la proclamation paradisiaque. La sexualité, quels qu'en fussent les flamboiements et les excès, était demeurée hantée par le péril de l'engendrement. La logique des héritages commandait une grande prudence ; les contraintes de la vie rurale également. La morale des Églises chrétiennes servait à limiter les dégâts et à contenir tant bien que mal les débordements. La pilule a permis d'exercer très différemment le contrôle de la sexualité. Grâce à la pilule, on rouvre les portes du jardin d'Éden, dans des communautés humaines d'ailleurs très différentes, marquées par l'anonymat et les grands nombres.

Cette étape est symbolique en ce qu'elle marque l'ambition humaine — et la possibilité — d'échapper aux déterminismes anciens, assimilés au Purgatoire. C'est un exemple parlant et assurément un élément clef. Mais il faudrait composer un vaste tableau du Paradis et de sa proclamation en de multiples domaines, étudier par exemple la massification du mythe de la plage et des cocotiers, ou cette réalité omniprésente qu'est le sourire publicitaire... Bien d'autres choses.

En 1997, ces entretiens, correspondances et propos disséminés donnèrent lieu à la publication d'un recueil ; un deuxième suivit à la veille du nouveau millénaire. Dès le début, le prophète avait posé une exigence prouvant l'existence d'une stratégie derrière cet apparent retrait : tout ce qui serait divulgué devrait l'être aussi en anglais. « Je souhaite que tout cela *subisse* la traduction », disait-il. Il évoquait la venue du Saint-Esprit parmi les apôtres de Jésus, après laquelle « ils se mirent à parler d'autres langues ». Il suscita ensuite (et, par deux fois, paya de ses deniers) des versions en espagnol, en allemand. en russe.

Peu à peu, en effet, sa réputation avait grandi, portée essentiellement par des gens beaucoup plus jeunes que lui, et qui semblaient trouver dans ses vues des moyens d'échapper à leur temps. Ceux-là se sentaient comme les membres d'un ordre de chevalerie. Ils parlaient de lui en échangeant des sourires complices ; certains « bombèrent » des murs avec des slogans tirés de son enseignement.

Il ne s'expliquait pas sur son refus d'écrire. Personne n'avait besoin de savoir combien il lui plaisait de voir sa pensée circuler grâce à des thuriféraires, séduits par un incontestable charisme personnel. Le roi de Bourgoin orchestrait la marche de ses petits soldats…

Corrélativement à la proclamation du Paradis, c'est toute notre conception du temps, dites-vous, qui a été bouleversée…

Oui. On peut distinguer deux représentations classiques du temps : le temps processionnel ou providentiel de l'âge religieux, dont un exemple typique est le *Discours sur l'histoire universelle* de Bossuet ; le temps problématique du XIXe et du XXe siècle — celui des historiens. Tous deux ont été anéantis au profit d'une troisième sorte de temps, que j'ai appelé le temps autorésorbant.

Il semble que ce soit au XIXe siècle que le caractère problématique de ce qui s'est passé s'impose à l'attention. C'est l'âge d'or de l'intrigue. Vu rétrospectivement, le quart de siècle tourmenté et compliqué qui s'étend du début de la Révolution au retour des Bourbons en 1815 apparaît comme objet de débats, disputes, conjectures, versions différentes des faits. Les années qui suivent la Restauration voient paraître un nombre considérable de Mémoires. Chacun livre son témoignage, établit son plaidoyer, affermit son mensonge. La discipline histoire naît, non pas seulement comme collection de faits, mais comme problématique et recherche. On prend conscience de l'importance des vieilles paperasses ; l'École des Chartes est fondée en 1821. Les écoles historiques vont à partir de là se construire et se contredire — preuve *a contrario* du caractère problématique du temps.

Des œuvres littéraires témoignent de cette attitude nouvelle. Le roman, jusqu'alors, s'était composé de faits positifs et avérés, en tout cas présentés comme tels même s'ils étaient évidemment chimériques. Désormais, l'établissement des faits, la reconstitution de leur logique constituent la tension dramatique elle-même. Edgar Poe inaugure le roman policier, genre dont l'immense succès jusqu'à nos jours est sans doute la version la plus populaire de cette conscience du temps énigmatique, que les travaux de Freud, à la fin du même siècle, allaient inscrire au cœur de chaque existence individuelle.

Toutefois le caractère problématique du temps ne se borne pas à la difficulté d'établir les faits, de savoir ce qui est advenu. Une troisième dimension se glisse bientôt dans le jeu. Sitôt, en effet, que l'on entreprend d'examiner les événements afin d'en établir la logique, on constate que dans la plupart des cas ils ne s'expliquent pas par leurs causes, et qu'il s'y forme des dynamiques, des entraînements certes explicables — après coup — mais imprévisibles. La monstruosité guerrière de 1914-18 porte en elle un élément de surprise, d'effroi, de consternation qui va au-delà de ce que pouvait faire attendre ou prédire la vieille rivalité franco-allemande. La méthodique extermination des Juifs par le IIIe Reich laisse loin derrière elle l'humiliation de l'Allemagne vaincue. Il y a dans de tels événements une part sombre, indémêlable.

Vous employez une expression étrange : « il y a du Dieu... »

Oui. Ce qui peut vouloir dire aussi qu'il y a du Diable ! L'hypothèse n'aurait nullement dérangé la conscience médiévale, par exemple, mais elle est forcément inassimilable par les héritiers de Descartes, de Voltaire et d'Auguste Comte. Un tel temps — irrationnel, profond, obscur, où se devinent d'insondables manigances — ne fait l'affaire que des esprits pensifs, épris de questions et de recherches; trop angoissant pour le grand nombre, il ne pouvait évidemment pas perdurer au-delà de la proclamation du Paradis. Et c'est pourquoi celle-ci instaure une nouvelle configuration du temps.

Cette nouvelle configuration consiste en une opposition simple : avant, maintenant.

... Mais qui aurait deviné qu'à cinquante-quatre ans, lorsque le whisky vespéral commençait à lui fustiger les neurones, le professeur relisait inlassablement le *Charlemagne* de Louis Halphen, les ouvrages de Pirenne et de Robert Folz, et s'endormait en forgeant une Europe imaginaire ?

Il nommait des fidèles au gouvernement des marches d'Empire, faisait rechercher de vieux codes latins, établissait des palais et des bibliothèques, assistait à l'arrivée de l'impôt dans les chambres fortes de sa capitale, convertissait au prix du sang les manants des forêts saxonnes, et songeait à la nécessité géopolitique d'ouvrir aux chrétiens la route de Compostelle…

« Je suis fou, songeait-il quelquefois. Je suis fou. »

L'opposition avant-maintenant représente globalement le passé, tout le passé, comme un gigantesque continent que nous avons déserté, et que l'on appelle « avant ».

Ayant collectivement quitté le continent « avant » nous vivons désormais sur le continent « maintenant », une sorte de nouveau monde. Vivre dans le « maintenant » est ressenti en général comme une joie, un soulagement, une libération. Les dernières générations du Purgatoire, que nous avons connues et connaissons, contemplent avec dépit et inquiétude l'innocente allégresse des générations paradisiaques qui dansent devant elles.

Certains, moins nombreux, ricanent devant le « maintenant », voire le maudissent. N'empêche qu'ils sont d'accord pour ne pas poser (et donc ne pas clarifier) la question suivante : avant quoi ? Depuis quoi ?

La seule réponse existante est : avant maintenant. Mais c'est appuyer maintenant sur avant et, par là, supposer que maintenant a dû commencer avant. Juste avant. Maintenant aurait donc commencé juste avant maintenant ?… Mais c'était quand ? Et en vertu de quoi ?

La Révolution française, avant de déboucher sur l'idée d'un Temps problématique, comme nous l'avons décrit plus haut, avait fortement affirmé l'organisation du temps en avant et maintenant. Mais ce fut un échec, et par exemple le calendrier révolutionnaire fut abandonné. Simplement l'idée existait. La graine était semée. Avant-maintenant allait connaître un énorme succès de bouche à oreille. Un troupeau d'avant-maintenant se presse dans l'histoire contemporaine. Avant mai 68. Avant les machines à laver. Avant l'Internet.

La seule question serait donc d'établir non pas avant quoi, et depuis quand maintenant, mais quand, où et comment est née l'organisation du temps en avant-maintenant. Or cette organisation elle-même fait que l'on a tendance, sitôt qu'on l'a admise, à considérer une telle question comme superflue — puisque c'était avant, de toute façon, et que maintenant c'est maintenant. Personne sans doute ne peut même se souvenir du moment où l'on a commencé de parler d'avant et de maintenant — puisque c'était déjà maintenant, puisqu'on proclamait l'avènement de maintenant rien qu'en prononçant le mot.

Et comment passe-t-on à ce que vous appelez le temps autorésorbant ?

Il se pourrait en fin de compte que la vision « avant-maintenant » ait pour premier résultat de tuer (en la donnant pour dépassée, pour superflue) toute réflexion sur le passé et les processus de l'histoire humaine. D'abord parce que le passé perd tout intérêt, il est, en tant que porteur du Purgatoire et de l'Enfer, déclassé, négatif. Le temps comme attente et progression n'est plus qu'anecdotique, puisque de toute façon nous sommes arrivés. On peut donc supposer un moment où l'avant disparaîtra, où le réflexe même d'opposer un avant au maintenant sera en quelque sorte avalé dans le maintenant. Il suffit de regarder l'utilisateur d'un téléphone mobile, par exemple, pour comprendre qu'il n'a pas le moindre souvenir d'un temps où les téléphones mobiles n'existaient pas. Il ne se dit même plus « avant, ce n'était pas pratique ». Quelle raison aurait-il d'évoquer un avant de toute façon révolu et résolu ? Les tendances au délestage, dénoncées dans les formes modernes d'éducation — abandon plus ou moins avoué des langues anciennes, de l'histoire, de la philosophie —, sont une autre modalité du temps autorésorbant. Les mœurs et les idées présentées dans les cultures anciennes ne sont-elles pas périmées au temps du Paradis ? Plus d'avant légitime. Donc, plus d'avant du tout !

Il éprouvait, bien entendu, une forte envie de coucher avec ses étudiantes, du moins certaines d'entre elles. Prélever une favorite dans la juvénile troupe de ses *fans* lui semblait, inavouablement, le couronnement de toute l'entreprise. Une belle Anne au singulier profil de princesse othonienne s'était dérobée après l'avoir, pourtant, extatiquement écouté durant tant d'heures… Il n'avait rien compris. Il s'ensuivit une correspondance romantique et pour tout dire pénible.

Il n'était pas impossible qu'elle eût sous-estimé les suggestions de son comportement. De bonne foi, elle n'avait pas cherché à le séduire, mais elle convenait tout de même d'une « certaine ambiguïté ». Quant à sa séduction à lui, elle la percevait comme intellectuelle. Charlemagne avec tous ses preux et son manteau brodé de pierreries ne peut rien contre une déchirante jeune beauté qui vous dit candidement que les rapports physiques n'ont pas tant d'importance. Elles en ont de bonnes !

Si l'on vous suit, il y aurait donc une forme d'immobilisation définitive... Croyez-vous réellement possible cet arrêt de l'évolution ?

Je l'imagine comme un état limite, et de ce point de vue, vous pouvez parler d'hypothèse. Un processus de vie collective privé de l'idée d'un ailleurs ou d'un avant, d'une altérité quelconque, est objectivement au programme de la civilisation techno-médiatico-marchande. Comme de tous les totalitarismes, d'ailleurs : rappelez-vous Orwell. Il convient toutefois de tenir compte de l'esprit de contradiction. Il y a toujours et partout quelques mauvais sujets qui préfèrent les questions aux réponses et cherchent à voir dans la coulisse.

D'autre part, vu l'état en réalité désastreux de l'ensemble du monde — injustice généralisée, misère, inégalité, exploitation, violences, péril pour l'écologie —, la proclamation du Paradis engendre une terrifiante culpabilité, vouée elle aussi à demeurer implicite. D'où sans doute, en partie, le caractère intolérable pour l'idéologie paradisiaque de tout propos pas même critique, mais simplement analytique. On s'accroche d'autant plus à une illusion lorsqu'elle est menacée, et que son démantèlement est ressenti comme une catastrophe narcissique. Pour en revenir au domaine de la sexualité, je ne suis pas le premier à constater que l'apparition du sida a nettement refroidi l'ambiance. L'illusion paradisiaque ne se survit qu'au moyen d'une propagande de plus en plus massive, intense, déchaînée, menaçante, qu'on n'appelle d'ailleurs pas propagande, c'est un vilain mot, mais publicité ou communication. N'importe quel citadin en fait l'expérience lorsqu'il déambule, pressé, stressé, accablé de soucis, dans une existence où à chaque pas on lui jure que tout est fait pour son bien, qu'il peut être heureux en achetant un billet pour le Yucatán, en recevant 728 chaînes de télé par satellite, etc. Peut-être assisterons-nous à l'explosion du système. On n'imposera pas éternellement aux populations de vivre dans un rêve éveillé, de fermer les yeux sur les réalités les plus concrètes en vertu de l'idéologie officielle.

Encore les éléments de satisfaction procurés aux populations internes du Paradis parviennent-ils, dans une certaine mesure, à intimider ces dernières au point qu'elles font taire leurs doutes. Mais au niveau planétaire, les délaissés périphériques ne se contenteront pas éternellement de nos détritus. Alors il y aura des pleurs et des grincements de dents...

Les attentats du 11 septembre 2001 devaient bien entendu faire dire au prophète qu'il avait vu juste.

Au bout de quatre ou cinq ans, la notoriété croissante de la théorie de l'acte unique avait fini par susciter quelques adversaires à son auteur. Beaucoup haussaient les épaules devant une pensée qu'ils qualifiaient de *light*, et qui n'avait pas même, ajoutaient-ils, le mérite d'être neuve. D'autres le traitèrent de réactionnaire. On s'en préoccupait toutefois.

Il ne s'émut pas d'être dénigré, mais une critique d'un autre genre l'atteignit plus vivement. Elle consistait à souligner la dimension psychologique de l'entreprise en évitant toute mise en cause de son contenu. L'attaque ne portait pas sur les affirmations et diagnostics constituant le récit de l'acte unique, mais sur le mode de fonctionnement mental du prophète. Ce dernier, disait le contradicteur, se plaçait dans une position d'extériorité pure, de contemplation ironique et en quelque sorte préservée. Tenir ce type de discours revenait, selon lui, à édifier une parole close, dégageant le sujet de toute solidarité avec le réel. Le véritable but, évidemment inconscient, poursuivi par l'auteur, n'était pas d'étudier les faits avec rigueur et honnêteté, mais de (se) donner à bon compte le spectacle de sa sécurité intellectuelle, de s'octroyer à prix modique le plaisir que connaît le libre-penseur quand il se moque de la procession.

Pas d'intelligence intègre et authentique, notait ce critique perfide, qui puisse renier toute solidarité avec l'objet qu'elle s'efforce d'éclairer. On est toujours perdant ou perdu dans la parole ; toute énonciation qui omet de faire place à son propre échec, de désigner sa propre carence, ne reflète que le désir pathologique de l'énonciateur de congédier le réel et de se réfugier dans le solipsisme. « On ferme les yeux, résumait-il, et l'on annonce aux autres que l'on est en train de voir l'ineffable. »

Charlemagne se sentait deviné, et s'en irrita. Il songea qu'il lui fallait renforcer ses défenses. Il redouta, quoi qu'il en eût dit, que sa petite troupe de fidèles ne renonçât à lui en demander davantage.

III

LOUISE RELATE SA VIE CONJUGALE

... En somme, c'était comme si une longue séparation venait de prendre fin. Ils se retrouvaient, après de lointains voyages, dans l'évidence de leur proximité, évidence qui avait baigné d'une lumière allègre les mois de l'automne au printemps. Il leur semblait reprendre au temps une part d'existence volée. Une telle chance est rarement offerte. Ils partageaient le secret de cette effraction.

Une autre complicité les unissait : la certitude immédiate, et évidente, qu'entre eux étaient bienvenus la vérité et l'aveu, toutes les vérités et tous les aveux. Ils se sentaient comme deux êtres qui peuvent, en aparté, se dire en riant tout ce que les convenances et les intérêts sociaux obligent à taire, comme s'ils se reconnaissaient d'une espèce particulière, gaiement désabusée. Cette connivence les étonnait ; elle avait quelque chose de jubilatoire.

— Il me semble que je pourrais savoir de toi

les pires choses, disait Nicolas, ça ne me gênerait pas. Tu as le droit.

— Quel genre de pires choses ? Des histoires de sexe ?

— Pourquoi pas. Ou autres.

— Comment j'ai gagné cent mille balles en dessous-de-table pour faire rater une vente ?

— Tu as fait ça ?

— Oui. Corruption passive. Avec la complicité de mon chef d'agence, qui dans la combine en gagnait autant. Un coup des Martiens — je t'ai parlé des Martiens ? On s'occupait d'un petit château, en Seine-et-Marne, bien planqué dans des bois… Un joli truc… Pas facile à placer quand même… On avait fini par trouver quelqu'un, un chef d'entreprise. Là-dessus, deux mecs étrangers se sont pointés, des Allemands, ou des Suisses allemands, je ne sais pas trop. Ils nous ont proposé le deal. On était un peu estomaqués… On s'est consultés, puis on a dit oui. On a eu cent mille balles chacun en liquide pour torpiller la vente au profit d'un autre client, venu de leur part, représentant lui-même une société de droit luxembourgeois. On n'a posé aucune question et on n'a jamais su pourquoi ils voulaient tellement ce château. On s'est bien gardés de chercher, d'ailleurs.

— Vous avez fêté ça en couchant ensemble ?

— Non… Euh, si.

— C'est pas bien méchant… J'espérais pire.

— Tu sais, je suis une brave fille…

Mais c'était surtout dans la mémoire qu'ils se rencontraient, encouragés peut-être par ce que leurs passés avaient en commun. Ils partageaient un goût pour le récit, pour la ré-exploration, peut-être faudrait-il dire la rétrospection. Des temps entiers de leurs existences leur apparaissaient comme des scènes jouées — qu'il avait fallu jouer —, pris dans des pièges dont il était salutaire à présent de mettre au jour le mécanisme. Revisiter les passés où l'on fut — où l'on fut comme on pouvait, avec les limites, les mécomptes — c'est se confirmer ses propres métamorphoses, se reconnaître le droit de changer, rendre perceptible le fait qu'il peut entrer de la liberté dans le destin ; que l'on n'appartient pas à ce qui conditionne, que l'on n'a pas fini. Ils pouvaient se donner cela.

Dans cet ordre d'idées, tout un dimanche d'hiver, chez lui, boulevard Diderot, elle avait raconté son mariage.

*

— Je me suis mariée avec Jean-Jacques parce que c'était mon fiancé ; et c'était mon fiancé parce qu'on « sortait ensemble » depuis avant le bac — avec au passage, bien sûr, l'habituelle rupture suivie d'une réconciliation qui scelle le couple… Il était d'ailleurs sorti avec une autre fille pendant ce temps-là. J'étais furieusement jalouse. D'autant plus que moi, au même moment, je ne me suis pas fait un autre mec.

— Ça a dû se payer, ça, par la suite, non ? J'ai l'impression que les frustrations sont archivées, et que ça ressort un jour ou l'autre... Il y a des effets différés.

— Peut-être, je n'en sais rien... D'ailleurs ça n'a pas duré bien longtemps. Je ne sais pas ce qu'il y a eu avec l'autre, il est revenu tout penaud, je lui ai un peu fait la tête, et on s'est remis ensemble. Peu après on a décidé de se marier.

— C'est là que ça m'intrigue. C'est quoi, cette idée de se marier, comme ça, toutes affaires cessantes ? Comme s'il n'y avait rien d'autre à faire dans la vie ?

— Je ne sais pas trop... Pas évident à dire. Quand je repense à cette époque, je ne me revois plus tellement de l'intérieur. J'ai des souvenirs, mais pas tellement sur ce que je pensais ou sentais... Je crois que j'avais envie d'être une femme, c'est-à-dire de ressembler à une idée qu'on peut se faire d'une femme, au sens social du mot, en tout cas à l'idée que je m'en faisais, quelqu'un qui peut choisir son living, exprimer des opinions sur la façon d'élever les bébés... Comment dire ? Je me voyais bien dans le rôle, venant chez mes parents ou à Vernery avec une voiture familiale, un siège bébé, tout le bazar...

Aller au marché avec une poussette, causer avec des amies de ma mère, enfin, incarner la fonction. Comme pour démontrer quelque chose.

— Oui... Il s'agit toujours de savoir dans quels concepts nous nous reconnaissons, dans quelle langue nous sommes parlés. Et par qui... Je connais cette fierté des jeunes mères, cet aplomb... Comme ça les pose. Dans le sérieux de la vie... Elles sont à leur affaire. C'est leur tour. C'est pas un ventre qu'elles ont, c'est une proclamation, c'est une confirmation, c'est un point culminant. Et tu avais oublié l'autre qui était en toi.

— Tu veux dire ?...

— La salope. La femme sexuée. Personne ne se contrefout du sexe comme une femme qui veut un enfant.

— Ça se discute... Mais bon, il y a du vrai... Je voyais que je plaisais à beaucoup d'hommes, j'avais des désirs, mais il me semble que je ne savais pas quoi faire de ça. J'avais surtout besoin de sécurité. Et puis Jean-Jacques était déjà là. Ça m'évitait de me poser des questions... Un homme ne veut jamais vraiment la salope, enfin ce que tu appelles comme ça, dans la femme avec qui il est. Pas lui, en tout cas.

— Quand j'ai appris que tu te mariais, je t'ai désapprouvée violemment, figure-toi.

— Ah bon ? Je pensais que tu t'en foutais. D'ailleurs tu n'es pas venu à mon mariage.

— C'était en juillet… J'étais en train de visiter l'Irlande avec un copain. De toute façon je trouvais ça ridicule.

— Jaloux ?

— Tu parles… Je ne comprenais pas pourquoi on ferme sa vie aussi tôt. C'est ennuyeux, les femmes qui ne restent pas libres. Enfin plus ou moins libres. Le mariage est souvent une façon d'en finir avec le jeu, avec l'incertitude, avec l'épreuve de la séduction. Il y a un truc actuellement que je déteste, c'est toutes ces nanas qui affichent un nom double, le leur et celui du mari. Cette façon d'avertir, attention, je suis en mains, il y a un propriétaire légitime. Bon sang, de quoi elles ont peur ? Elles n'arrêtent pas de parler d'égalité, d'indépendance, et tu les retrouves arrimées au nom de leur porte-couilles… Enfin bref, tu te maries. Tu te désapprouvais aussi ? Ou tu te disais que tu l'aimais ?

— Je me le disais sans doute… Ce qui est sûr, c'est que j'étais d'accord avec moi. En même temps, j'étais pensive. En fait, à cet âge-là, on peut prendre des décisions de ce genre avec une légèreté incroyable. J'ai épousé ce mec un peu comme on achète des trucs, des fois, une fringue, une paire de pompes : tu sens très bien que l'article n'est pas terrible, c'est un peu ce que tu voulais mais pas tout à fait, tu achètes quand même parce que ce jour-là tu as envie du plaisir d'acheter. J'ai eu envie du mariage et de la situation de jeune mariée, puis de jeune mère. Je voulais qu'on me voie ainsi.

— Voilà, on y revient. C'est drôle de regarder par rapport à qui, à quoi, on fait ce que l'on fait... Le critère, le public d'identification. Les gens auxquels, à un moment donné, on demande caution de sa propre existence. À qui donnais-tu ce spectacle ?

— À ma mère, sans doute... À certaines amies. Mais surtout à ma mère. Je voulais lui montrer que je ne ferais pas comme elle, que je ne serais pas une femme soumise à une espèce de tyran domestique... Parce que mon père, je l'aime bien, mais enfin quand même... Tu sais, ou tu ne sais pas, qu'elle a été trompée plus souvent qu'à son tour, mon père courait derrière tous les jupons. Elle n'était vraiment pas la femme qu'il lui aurait fallu. Je l'aurais vu marié avec une femme plantureuse, terrienne, aimant le plaisir. Comment a-t-elle pu s'imaginer qu'elle pourrait garder un homme comme lui ? Pour lui, c'était différent : il savait bien qu'elle serait une petite femme docile, celle qu'il lui fallait pour repasser ses chemises et préparer son dîner...

Du père de Louise, Nicolas ne gardait que quelques images, et le son de sa voix — une voix très assurée, à la fois claironnante et caillouteuse, qu'il trouvait plutôt désagréable. Il le revoyait, sur des fins de déjeuners dominicaux, empaqueté dans sa chemise blanche (bien repassée) et ses bretelles, et se servant d'un cure-dent, pratique qui dégoûtait le jeune garçon jusqu'à l'indignation. Cela ne l'empêchait pas (Nicolas ne l'avait appris que bien plus tard : quand il était enfant, ce n'était pas le genre de sujet qu'on eût abordé en sa présence) d'avoir eu beaucoup de succès auprès des femmes. Lesquelles ? Nicolas imaginait des femmes un peu lourdes, en robe-tablier à carreaux, avec de gros seins usés et des cuisses grasses, un peu veinées, et des odeurs de transpiration devant quoi le Raymond ne devait pas se montrer trop regardant. Un homme comme lui n'aimait pas les femmes : il avait besoin de tirer des coups. Supposer la frêle, la délicate Antoinette subissant longtemps les assauts de ce rustre revenait à la condamner à mort par désespoir.

— Au fond, je ne sais pas si c'était pour la venger, ou pour la bluffer. De toute façon, mes rapports avec elle sont bizarres : je me suis toujours sentie plutôt complice de mon père, alors que franchement il n'y avait pas de quoi l'approuver.

— La venger ou la bluffer... Ah, cette satisfaction d'être l'avenir... De croire qu'on sera beaucoup plus malin que ceux qui nous ont précédés... Mais que ce soit pour la venger ou la bluffer, comme tu dis, est-ce que ce sentiment ne prophétisait pas déjà ton divorce, tes amants ?

— Peut-être. Mais je n'en étais pas encore là. En fait, en y réfléchissant, j'ai l'impression que je me protégeais de moi-même... Je me sentais susceptible de faire tout et n'importe quoi vis-à-vis des hommes... En plus, ça marchait. Je crois que je me suis fait peur. Au moins là, j'étais *casée*, j'avais un cadre. La vie conjugale s'épanouissait dans cette représentation périodiquement donnée aux familles et aux amis. Qui d'ailleurs faisaient pareil, moyennant quoi la représentation ne fonctionnait pas. C'est un peu comme dans les conversations personnelles où chacun dit à chaque instant « c'est comme moi, c'est comme moi... » J'étais poursuivie par le désir de leur montrer. Leur montrer quoi ? Et à qui ? Je n'en sais rien. Mais leur montrer qui j'étais. Et c'était frustrant. Je voulais être une autre, et je ne parvenais qu'à être la même. Je veux dire : pareille à toutes. Je me suis longtemps demandé pourquoi je détestais tant la sœur de Jean-Jacques, ma belle-sœur. Elle m'horripilait. Et un jour, j'ai compris : c'était à cause de son sourire. Cette fille était continuellement souriante. Sitôt qu'elle apparaissait, elle arborait ce sourire, d'ailleurs d'une grande gentillesse, et qui disait : Voyez comme je suis rayonnante, heureuse, épanouie, *sympa*, bien disposée. Elle était assez jolie, elle avait fait de beaux enfants, elle et son mari avaient acheté l'un des premiers Renault Espace. Je me souviens qu'ils allaient en vacances dans le Mercantour. Je les revois en train de parler du Mercantour. Je n'ai jamais été dans le Mercantour, et c'est peut-être très beau, le Mercantour, mais je te jure que je n'y mettrai jamais les pieds de ma vie, moi, dans le Mercantour, jamais...

— Tu pisses sur le Mercantour...

— Oui.

— Tu souhaites l'anéantissement du Mercantour par une éruption volcanique...

— Oui. Uniquement à cause du sourire de cette fille, ce sourire qui semblait vissé sur son visage...

— Une déclaration de coïncidence à soi-même et à sa vie.

— Oui. Je te jure que parfois j'ai eu envie de draguer son mari, de l'allumer... Je n'ai jamais osé, mais franchement, j'aurais voulu le troubler, l'exciter, uniquement pour démolir cette jolie façade de couple idéal... Mais en fait elle était un reflet, nous étions pareilles : nous nous consacrions à représenter notre épanouissement de femmes mariées et de jeunes mères, cependant que les hommes expliquaient combien ils étaient contents de leur voiture... Oui, c'est ça, j'aurais voulu faire quelque chose de scandaleux, dévoyer cet imbécile, je fantasmais, je rêvais de lui montrer ma chatte dès que les autres auraient le dos tourné, de me branler en le regardant droit dans les yeux... De le sucer goulûment, planqués derrière le Renault Espace...

— Ça me rappelle un truc que je te raconterai. Une de mes belles-sœurs, au moment de mon divorce... Mais continue.

— Ça a duré deux ou trois ans. Je ne comprenais pas tellement l'origine de ces mouvements de révolte et de hargne. En posant cette fille comme une sorte de contre-modèle en même temps que de rivale, j'admettais que j'étais dans ce jeu, que c'était cette partie-là qu'il fallait jouer. Et à un moment, je me suis aperçue que c'était un jeu, justement, et rien d'autre ; et que finalement je ne savais pas pourquoi j'étais dans la partie. Je ne sais pas à quelle date — mais ça a été très brutal — j'ai regardé Jean-Jacques, un jour, et je me suis dit que dans ces conditions, dans ce rôle de mari, il devait bien s'en trouver dix mille autres au monde qui auraient aussi fait l'affaire. Ça m'est tombé dessus comme ça, sans prévenir, je me souviens que c'était au petit déjeuner. Je ne sais pas de quoi nous parlions. Une histoire de boulot, ou d'argent, je suppose ; ou bien nous ne nous disions rien... J'ai été vraiment secouée. J'ai eu l'impression d'être dans le vide, tout à coup. Comme si je me réveillais dans la maison d'une autre, de n'importe quelle autre, avec n'importe quel mari. Il y avait les placards de cuisine, le canapé, les fauteuils, le lit, la télé et le mari. J'ai pris en horreur le mot de mari. Mon mari. Il faut que j'en parle avec mon mari. Mon mari et moi. Beurk.

Ça a été la fin de la phase matrimoine. Après une période confuse et assez grise, il y a eu la phase yoga. Après la phase yoga, il y a eu la phase sexe ; et là, tout a explosé.

*

La phase yoga avait répondu pour eux à un sentiment de vide et d'ennui qui, peut-être, ne concernait pas que la vie conjugale.

Tout commença par l'intervention involontaire d'une collègue de Louise, qui lisait avec assiduité *Le Prophète*, de Khalil Gibran, beau livre à l'inspiration élevée, qui avait le mérite de n'exclure aucun lecteur et, pour des Européens occidentaux, d'être exotique. Elle soulignait des passages au crayon ; elle en faisait la réclame. Jean-Jacques, à qui Louise en avait parlé, acheta le livre, ce qui était un bel effort, car il ne mettait d'ordinaire jamais les pieds dans une librairie. Elle fut touchée de cette attention et ils lurent *Le Prophète*.

On peut dire que ce livre vint à leur secours. Ils « prirent conscience de l'inanité de leur vie ». Quel sens avait l'existence ? Vers quoi cela menait-il ? S'agissait-il sempiternellement de consommer, etc. Les grandes questions. Ils ne se disaient plus chrétiens ni croyants l'un et l'autre, mais il fallait bien reconnaître qu'une énigme existait dans la vie humaine. Et cette offre, spiritualiste, mais non dogmatique, les trouva bien disposés.

— Oui, disait Nicolas, ça marche assez bien, ce truc-là : les religions pas contrariantes. Tandis qu'être juif ou catholique, c'est chiant, tu n'es jamais à la hauteur, il y a plein de trucs à respecter, on t'emmerde tout le temps. Au moins, bouddhiste, ou dans ce genre-là, tu fais ce que tu veux.

Après avoir lu Khalil Gibran, ils s'intéressèrent aux sagesses orientales ; de là, ils tombèrent droit sur la pratique du yoga. Pratique qui remportait alors un grand succès puisque à la fois elle tournait le dos au caractère compétitif du sport à l'occidentale, et à la tradition chrétienne supposée être anticorporelle. Ils s'inscrivirent tous deux à des cours de yoga.

Ils furent très convaincus par le yoga. Ils y découvraient, entre le mental et le corps, un mode de relations que la tradition occidentale avait oublié, à supposer qu'elle l'eût jamais connu. Ils devinrent des habitués de leur club. Ils laissaient la petite Alexandra un peu plus tard chez la nounou, ou aux mains d'une babysitter. Durant les week-ends en famille ou les soirées entre amis, cela faisait une petite impression, un sujet.

Ils achetèrent le manuel d'André Van Lysbeth. Ils poursuivaient leurs exercices, le soir, sur la moquette du living, en repoussant la table basse.

— Ça nous a rapprochés. On y mettait beaucoup de bonne volonté. On pensait qu'on pouvait créer quelque chose ensemble, dans notre vie.

Ils décidèrent de consacrer une partie de leurs congés à un stage qui se déroulait du côté de Moulins, dans un château du XIXe siècle transformé pour un usage associatif. C'était au moment de Pâques. Ils se réinscrivirent à une réunion analogue, en Ardèche, pendant l'été.

C'est dans cette période-là qu'un autre thème commença à se faire entendre, d'abord lointain, puis crescendo, comme on le dirait d'un petit air de flûte ou de hautbois s'insinuant dans un morceau de musique.

Au cours du premier stage, ils s'étaient fait des amis, d'autres couples. Ils les retrouvèrent durant le second. Ils apprirent dans l'intervalle qu'une des filles avait eu une aventure avec l'un des animateurs. Jean-Jacques entreprit un soir de deviner qui dans le groupe avait couché avec qui, ou rêvait de coucher avec qui, ou finirait par coucher avec qui. Cela semblait l'amuser.

— J'ai eu la pensée de lui demander quelle certitude nous avions de ne pas être concernés : il en parlait vraiment comme si nous étions différents, ou hors jeu, comme si ça ne risquait pas de nous arriver, à lui ou à moi. Finalement, je n'ai rien dit. Je le sentais fragile à cet égard. Il aurait piqué des crises de soupçon. Je crois qu'à ce moment-là, dans ces stages, un tournant a été pris. À notre insu, du moins sans qu'on le cherche, le désir se remettait à circuler, entre les gens, d'un couple à l'autre, parmi ces corps en vêtements légers et moulants qui se contorsionnaient... Sans parler d'une célibataire un peu excitée qui laissait entendre qu'elle menait une vie légère, ce qui, bien entendu, faisait fantasmer ces messieurs... Il me semble que le désir est un phénomène extérieur, qui se communique, et que nous sommes poreux. Si tout le monde se ferme, il est contenu ; si un seul des individus d'un groupe donné lâche la bride, tous peu à peu sentent monter en eux cette inquiétude... Rien qu'en évoquant le sujet, mon mari m'avait donné envie d'y penser. Enfin il y a eu une fête, un soir, le genre sangria et disco, c'était la mode disco, et Jean-Jacques m'a fait une crise de jalousie, il prétendait que je me laissais draguer par un des types, ce qui était un peu vrai. Le jour suivant, pour se venger, je suppose, il a entrepris une des filles, un peu trop lourdement, semble-t-il, car elle l'a envoyé paître. Enfin, ça s'est terminé en eau de boudin. On s'est fait la gueule pendant une semaine, et alors nous sommes entrés dans la phase sexe.

On a beaucoup discuté sur ce qui venait d'arriver. On a fini par conclure qu'il y avait quelque chose qui ne tournait pas rond dans ces histoires de yoga, cette supposée libération du corps qui ne disait pas un mot de la sexualité. Des trucs se passaient dans le groupe, mais c'était à part. D'ailleurs, sur ce point, on avait raison. J'ai beaucoup aimé le yoga, ça apporte quelque chose, seulement on ne peut pas prétendre avoir rendu le corps à l'harmonie, si on ne pose pas la question de son apaisement sensuel. À la limite, quand tu as bien fait l'amour, tu peux commencer d'être en yoga. Évidemment, les moniteurs ne pouvaient guère expliquer ça à leur clientèle…

Jamais, entre eux, ils n'avaient tellement évoqué la question des rapports physiques. C'était éludé, en quelque sorte, comme allant de soi, chacun s'estimant « satisfait », ou étant supposé l'être. Nicolas tordait le bec :

— Cette notion de satisfaction, dans le domaine sexuel, me répugne à un point que tu ne peux pas imaginer. Baiser pour être bien vidé, ou bien bourrée, ça me dégoûte. Enfin, bref. Donc vous étiez satisfaits ?

— Jean-Jacques l'était, je crois. Il n'avait pas à se plaindre, il avait une jolie petite femme, je tâchais de me fringuer agréablement, et j'étais toujours prête à faire l'amour quand il en avait envie. En plus, il voyait bien que les autres me regardaient. Quant à moi, je ne me posais pas la question, ou pas dans ces termes. J'étais heureuse qu'il ait du désir pour moi. Pendant toute une période, nous avons eu quelques difficultés pour faire un enfant ; il a fallu voir des toubibs, tout ça, et à ce moment, ce n'était plus le sexe qui m'intéressait. Quant aux fantasmes, au beau-frère à Renault Espace, c'était très loin de là. C'était une réaction au contexte familial, ça n'avait pas vraiment une signification sexuelle. Je me fichais de ce mec, jamais je n'en aurais voulu. Si bien que cette histoire de « satisfaction », au total, ne signifiait rien pour moi. C'était bon pour les hommes, pour le mari. Il fallait qu'il soit content. Comme à bien d'autres avant moi, il m'est arrivé de crier un peu fort pour lui faire plaisir.

Moi, je n'avais que des pulsions ou des éclairs momentanés. Je me souviens de vacances dans une maison louée, avec la sœur de Jean-Jacques, justement, elle, ses deux gosses et son mari et son putain de sourire. La cloison entre les deux chambres d'adultes n'était pas très épaisse, et tous les soirs, on les entendait faire l'amour. Ça devait durer trois minutes. Lui, il haletait comme s'il faisait son jogging, et elle aussi — un peu moins fort. Et puis pof, c'était fini. Deux semaines, ça a duré. À peu près tous les soirs, il y avait les trois minutes de baise de ce couple épanoui. Un soir, ils se sont plus ou moins engueulés à table ; et ce soir-là, une fois qu'ils ont été couchés, les grognements ont été plus forts. Pourquoi je me suis souvenue de ça ? Pourquoi ce sentiment de mesquinerie et de ridicule ? En tout cas, rétrospectivement, il me semble que ça a pesé lourd. Je me sentais écœurée... Ça faisait l'amour comme on met une machine à laver en marche quand il y a assez de linge sale. Là aussi, je rêvais de foutre la pagaille. D'ailleurs, je sentais assez souvent que ce mec me regardait... C'était quand même dingue : il avait une femme, plutôt jolie, ils tiraient leur coup tous les soirs et cet enfoiré lorgnait mes cuisses. J'avoue que je n'ai pas arrêté de lui passer devant, tout près, en maillot de bain ou en paréo. À la limite, j'aurais trouvé réconfortant qu'il me propose la botte. Je me disais : connard, ta femme ne te suffit pas, alors ne fais pas semblant, arrête de te faire chier, va en chercher d'autres...

J'ai retrouvé ça souvent, dans mon boulot. J'ai fait visiter des dizaines d'appartements ou de maisons à des couples qui s'installaient, et dont le mec me reluquait. Il y en a eu quelquefois qui proposaient de se revoir, pendant que madame s'extasiait sur les espaces de rangement, ou qui m'ont téléphoné ensuite... Ça rend sceptique sur le couple. Là aussi, des fois, je trouvais ça tellement con que j'ai provoqué. Je ne supporte pas cet évitement du désir. À ce moment-là, je préfère franchement la bonne morale catho traditionnelle, au moins c'est clair. Tandis que tous ces cons-là s'infligeaient la monogamie, on ne voit même pas pourquoi.

En fait, je crois que j'avais compris ça bien plus tôt; seulement, ce n'était pas mon problème... Enfin, oui et non. Vers seize ou dix-sept ans, j'avais testé ça, les mecs sortaient avec une fille et je savais que je pouvais les faire craquer quand je voulais. Je passais un peu pour la salope, piqueuse de mecs, tout ça... Je n'ai jamais piqué de mec à personne, mais j'étais soupçonnée de chercher à le faire... C'est utile d'avoir une fille de ce genre dans le voisinage. Comme ça, tout le monde est d'accord sur la source du problème... Alors que je ne faisais que le mettre en évidence, le problème en question, il existait sans moi.

Toujours est-il qu'à l'issue du stage de yoga, et de la fâcherie qui s'en était suivie, Louise et son mari résolurent de parler de sexe « avec franchise ». Et ce qui vint sur le tapis fut la grande question des fantasmes.

L'Occident, par magazines interposés, découvrait depuis une vingtaine d'années les *fantasmes*. Les *fantasmes* étaient devenus la vache à lait de la presse magazine. Le marronnier numéro 1. Tout le monde était censé avoir des *fantasmes*. Il était normal d'avoir des *fantasmes*. Fallait-il réaliser ses *fantasmes*? Encore fallait-il connaître ses *fantasmes*.

Louise parvint à formuler ce qui pour elle,

dans ce domaine, manquait à leur relation. Elle trouvait Jean-Jacques trop doux. Elle l'eût aimé plus emporté, peut-être plus violent. À un certain moment du plaisir, elle eût aimé qu'il prononçât des mots vulgaires, qu'il exprimât sans ambages son appétit de ses fesses, voire qu'il lui balançât quelques claques. Il se le tint pour dit. D'ailleurs, ça ne lui déplaisait pas.

— Mais je crois qu'il en a été secrètement humilié : il sentait que j'aurais davantage aimé cela, peut-être, si je n'avais pas eu à le suggérer, s'il avait deviné, hasardé, précédé la demande.

— Oui, et à mon avis, il avait rêvé de se comporter ainsi, et ne l'avait pas osé. C'est toujours horripilant de se dire qu'on aurait pu, et qu'on n'a pas osé. Et lui, en fait de fantasmes, il rêvait de quoi ?

— De fellations. Évidemment.

— Alors tu l'as sucé.

— Eh ben oui. Et il s'est passé quelque chose d'étrange : il a aimé cela, mais après, il m'a encore fait une crise de jalousie. Il trouvait que je le faisais trop bien, que j'avais dû le faire à d'autres. Qui est-ce qui t'a appris, etc.

— C'était le cas ?

— Même pas ! Tu sais, avant lui, il n'y avait pas eu grand monde… Je n'étais pas vierge, mais bon, je n'avais jamais fait ça à un mec. Je lui ai dit que si je le faisais bien, c'était sans doute parce que j'aimais ça, que si on se force, ça doit se sentir… On n'y est plus revenus. Mais je crois que, dans toute cette affaire, j'avais été un peu trop leader. Il regrettait de n'avoir pas pensé le premier à ces discussions de sexe, de n'avoir pas été l'initiateur. Et puis il n'ignorait pas qu'au lycée, j'avais passé pour une allumeuse Enfin bon, ce n'étaient que des anicroches, nous étions quand même assez guillerets, le sexe fait du bien… Et nous nous intéressâmes aux films spécialisés.

C'était en effet la grande expansion de la vidéo domestique. Ils avaient fait l'acquisition d'un magnétoscope. Ni l'un ni l'autre n'avait jamais vu de films porno. Ils se procurèrent des cassettes.

— On devrait faire une étude marketing, observa Nicolas, concernant l'impact de la propagande sexuelle sur le marché des appareils vidéo… Ça vous a plu ?

— Bof… Moi je m'en foutais un peu. Lui, il était ravi. Un jour, je lui ai apporté une cassette où il n'y avait que des filles, des lesbiennes. Dans un château. C'est pas difficile, des fois, de faire plaisir… Il y a eu cependant des épisodes troublants. Un soir, nous sommes tombés sur une séquence de sodomie. Une femme se faisait prendre comme ça, à quatre pattes, en body rouge. Elle se tordait, on voyait par moments son visage, elle avait une expression de plaisir et de douleur confondus. C'était étrange, fascinant. Ça a duré un bon moment ; on l'entendait gémir sur fond musical ; et je me rappelle la qualité de silence qu'il y a eu entre nous… Pas de commentaires.

— Ah bon ? Il n'a pas voulu te faire ça ?

— Je ne sais pas… On n'en était pas là… Moi, j'avoue que ça ne m'enthousiasmait guère… Un autre soir, Jean-Jacques a voulu qu'on arrête la cassette, ce qui n'était vraiment pas habituel, en général il la laissait tourner pendant qu'on faisait l'amour. Mais cette fois-là il y avait un type, un des acteurs, qu'il ne supportait pas. Un grand mec à moustaches, effectivement assez laid, l'air narquois, avec une tache de vin sur la joue. Et une queue énorme, il faut bien le dire. Or, moi, ce type m'avait troublée. Le genre avec qui on pourrait se laisser aller, quitte à avoir honte ensuite, à être un peu dégoûtée… Le lendemain, Jean-Jacques n'était pas là, et j'ai de nouveau regardé le film.

— Répulsion et désir. Il disait vraiment quelque chose de toi, celui-là.

— Oui… Mais ce qui m'a troublée, c'est moins mon désir envers ce type, que la réaction de Jean-Jacques, qui précisément a voulu interrompre le film. Cela voulait dire que si on laissait aller le désir, il nous emmènerait on ne savait où, pas forcément où l'autre voulait… Au fond, c'est honnête, le désir. C'est sincère. C'est comme ça et pas autrement. Et parfois, ça se fout de nous…

Parallèlement, l'incident initial, les histoires de drague dans le groupe de yoga, avaient ouvert dans leur jeu de franchise une perspective plus trouble : les autres. Il fallut bien avouer (ils y puisèrent même une réelle excitation) qui, parmi les amis et relations, plaisait ou ne plaisait pas à l'un et à l'autre. Elle sut désormais que Valérie et Nelly ne laissaient pas son mari indifférent ; il eut le dépit de constater qu'Olivier plaisait à Louise, et il ne comprenait pas pourquoi, car il lui trouvait pour sa part l'air d'un singe (« avec ses bras trop longs »). Les hommes apprécient des femmes — et les femmes, des hommes — que l'autre sexe juge consternants.

Ils revenaient à ce thème des autres, c'était plus fort qu'eux. Et c'était inquiétant aussi, car il fallait compter avec les collègues de travail, qu'on ne connaissait pas, et qui, de ce fait, devenaient les plus dangereux ou dangereuses. Du même coup, c'était ce qu'il y avait de plus excitant. Flottaient dans leurs rêveries les spectres de l'adultère, de l'échange, de la partouze.

— Je retrouvais ce sentiment que le désir et le sexe ne restent pas en circuit fermé. Ça ouvre toujours. Ce qu'on était incapables de se dire, c'est qu'on avait, avait eu ou aurait envie de coucher avec d'autres, lui aussi bien que moi. Et on tournait autour de ça comme un gamin qui regarde des bonbons. Il y avait un malaise, car cette question-là, on ne pouvait pas l'aborder. Ce que Jean-Jacques n'a jamais su, c'est que j'ai fini par coucher réellement avec mon directeur.

— J'ai entendu parler de cette histoire…

— Ah bon ?…

— Oui. Ta mère l'a racontée à la mienne, qui me l'a racontée…

— C'est dingue. Les gens ne peuvent donc pas s'occuper de leurs fesses. Cette histoire m'a causé un tort terrible. Le fait est que j'ai eu une promotion, mais je me suis brouillée avec la moitié de la boîte. C'est arrivé aux oreilles de mes parents, ça a fait toute une histoire… Ils avaient un ami là-dedans, c'est avec son appui que j'avais été embauchée. Seul Jean-Jacques ignorait tout. Mon directeur s'appelait Georges. Il n'était pas très beau, mais incroyablement sexy. Je sentais depuis longtemps son envie de me faire des avances, mais jusque-là je préférais les ignorer. Ce sont nos discussions avec Jean-Jacques qui m'ont fait évoluer. À la fin, je trouvais qu'on était ridicules ; je me disais que si on avait envie, il fallait le faire, être adultes vis-à-vis de ça. Et puis, il y avait aussi un snobisme, une envie de ressembler à ce que racontaient les articles sur le sexe dans les médias. Avoir une vie sexuelle cachée me semblait le comble du chic.

Ça me poserait. Je ne serais pas comme ma pauvre mère.

— On revient au point de départ.

— Oui… Je me demande souvent si je n'ai pas inconsciemment cherché à être la revanche de ma mère. Ou bien à imiter Papa, ou les deux. J'ai dû avoir un fantasme là-dessus… Je voulais qu'on m'allonge comme il les allongeait… Ou bien j'ai voulu faire comme lui et caramboler les mecs… Mais ça, ça ne s'est dégagé que plus tard. Bref, en attendant, j'ai encouragé Georges, il m'a enfin fait les avances, et j'ai couché avec lui, et il a fait ma promo auprès de la direction générale. Soit dit en passant, je ne lui en demandais pas tant, mais ça, personne n'a jamais voulu le croire… C'est quand même dingue, l'idée ne les effleurait pas un instant, les uns et les autres, que j'aie pu coucher avec lui par plaisir et uniquement pour ça. Ils couchent pourquoi, eux ?

Je suis demeurée sa maîtresse pendant plusieurs mois. J'encourageais Jean-Jacques, aussi explicitement que je le pouvais, à être infidèle. Je lui parlais désormais des autres femmes, je lui disais que finalement, s'il avait des aventures, ça ne me gênerait pas. Était-ce si important, le sexe ? Ce que je ne voyais pas, ou ne voulais pas voir, c'est que plus j'allais dans ce sens, plus il se demandait ce qu'il faisait avec moi… Je le faisais souffrir, au fond.

— Et il a fini par s'y mettre ?

— Non... Enfin, si... Disons que j'ai été sauvée par les sentiments. Il est tombé amoureux d'une autre. Mais vraiment amoureux, quoi, pas une coucherie. Il m'a tout expliqué, un soir. Ça durait déjà depuis plusieurs semaines. Il m'a dit qu'on s'était gourés, qu'il venait de trouver le véritable amour, tout le toutime. Et moi, ça m'arrangeait bien. Je n'avais pas envie de le rendre malheureux. Son idée était de vivre avec elle. Elle avait déjà un enfant, et par la suite ils en ont eu un autre tous les deux. On a commencé par trouver un accommodement pour quelque temps. Nous avons partagé l'appartement, le temps d'organiser autre chose et d'habituer notre fille à ce qui se passait.

Et quant à moi, j'ai fêté ça en m'en payant un deuxième, puis un troisième ! Mon petit mari roucoulait avec sa bien-aimée, moi je ne voyais aucune raison de me gêner.

Et c'est ainsi que Louise était devenue une aventurière sulfureuse aux yeux d'une demi-douzaine de personnes dont le chef de file était sa mère.

— Je trouvais le rôle plutôt valorisant. Je respirais. Parce que je sentais bien qu'il y avait de l'envie dans ces critiques. Mais ça a été loin. Déjà, lorsqu'elle avait eu vent de ma liaison avec Georges, ma mère m'avait fait une scène. Elle revint à la charge. En substance : j'avais toujours été une salope, et Jean-Jacques n'avait été rien d'autre qu'un paravent pour mes écarts de conduite. Elle est allée jusqu'à me demander si Alexandra était bien la fille de mon mari.

— C'est curieux, ça… J'ai connu une fille qui disait que sa mère la traitait régulièrement de pute… De temps en temps elles se frittaient, et hop, ça ressortait, espèce de traînée, tu as toujours passé ton temps à courir derrière tous les hommes… Dans son cas, il est vrai, ça semblait recouvrir en fait un rapport des plus troubles avec le père… Mais peut-être que la sexualité des filles, pour les mères, est aussi pénible à supporter que leur maternité. Et puis ces femmes-là ont encore grandi dans un monde où l'on ne plaisantait pas avec la vertu, où les hommes voulaient épouser des femmes vierges. Toi, tu es d'une autre époque : celle de la fin de la résignation.

— Et c'est vrai, alors, tu as entendu parler de mes histoires ?

— Ben oui… Moi, je trouvais ça plutôt sympathique, note bien. Il y a une chose qu'on disait de toi : elle tient ça de son père. Je me demande s'ils n'avaient pas un peu raison. C'est peut-être absurde, au fond, de supposer un quelconque rapport entre la psychologie de nos ascendants et la nôtre ; du moins est-ce une hypothèse, aussi invérifiable que l'hypothèse inverse… Mais pourquoi pas. Tu dis que ton père s'envoyait des tas de femmes. En gros, on le disait déjà de ton grand-père. J'ai l'impression que les hommes de ta famille ne t'ont pas loupée. Ils t'ont donné l'envie de rivaliser avec eux, d'être une conquérante, et aussi l'envie de te soumettre. C'est quand tu passes de l'un à l'autre que s'ouvre ta jouissance.

Louise et son mari s'étaient donc séparés ; et tout se fût en somme arrangé à la satisfaction générale si Jean-Jacques, un an plus tard, n'avait pas pris l'initiative d'aller raconter leur histoire dans une émission de télévision.

*

— Tu sais, c'était le début des émissions de témoignage, la télé-réalité, tous ces trucs. Comment elle s'appelait, l'espèce de vieille pouffe spécialisée là-dedans ? Enfin, peu importe. Moi, j'ai appris la chose par un coup de téléphone. Un beau matin, comme ça, on m'appelle, une fille à la voix rauque, Chantal-Marie je ne sais quoi, de Machin Productions, j'ai oublié les noms… Chantal-Marie, elle s'appelait, ça je m'en souviens. Et ladite Chantal-Marie de m'expliquer tranquillement : « Vous savez sans doute que votre ex-mari doit participer à un prochain plateau… » Justement, je ne le savais pas. Il ne m'avait rien dit, et, apparemment, il leur avait filé mon numéro sans m'avertir. En fait, sur le moment, je n'ai rien compris, j'ai cru à une blague, j'avais vaguement entendu parler de ce genre d'émission, mais c'est à peine si j'ai fait le rapprochement... Elle a insisté, jusqu'au moment où il a bien fallu que je réalise ce qui se passait : Jean-Jacques se proposait vraiment d'aller raconter notre histoire, enfin, sa version de notre histoire, à la télé, à une heure de grande écoute !

C'était ahurissant. Je ne voyais même pas de quoi il voulait parler, je tombais des nues. Qu'est-ce que nous avions donc de si extraordinaire ? J'ai demandé à la fille de me rappeler le lendemain, en lui expliquant que je voulais réfléchir. Ce qui prouve que je n'avais rien compris à la réalité de la situation. Cette professionnelle chevronnée se chargea de m'éclairer, avec sa voix de fumeuse, plutôt sympathique au demeurant. Il n'était aucunement en mon pouvoir d'empêcher un homme dont j'étais divorcée de parler de ce qu'il voulait, où il voulait, devant qui il voulait. En revanche, on aurait de faux prénoms, et surtout, j'avais le droit d'intervenir, avec lui ou séparément, si je le souhaitais, pour donner mon point de vue.

J'étais totalement sidérée. On m'expliquait gentiment que, si je voulais éviter qu'il raconte n'importe quoi sur moi et sur notre vie, j'étais obligée de participer *aussi* à leur machin ! Et on appelait ça un droit !

Quant à l'intérêt que pouvait présenter notre histoire, je fus bientôt renseignée : le thème de l'émission était la recherche de la liberté sexuelle dans le couple. Est-ce que c'était contradictoire ou pas, etc. Le cas de figure qu'illustrerait Jean-Jacques était, m'expliqua Chantal-Marie, le suivant : l'un des deux a des envies sexuelles que l'autre n'apprécie pas. « Si nous avons bien compris, vous proposiez à votre mari une certaine liberté... Partenaires multiples... Expériences osées... Et lui n'était pas d'accord ? »

Je commençai à entrevoir. C'était un tout petit peu notre histoire, mais aggravée, accusée, embellie ou enlaidie, comme tu voudras... Je n'avais tout de même pas proposé à Jean-Jacques de baiser à plusieurs ou je ne sais quoi... Quant aux expériences osées, si on appelle expérience osée le fait de regarder ensemble un film de cul... C'est trop mignon ! Je ne sais pas trop ce qu'il avait raconté, ni comment il s'était mis en cheville avec ces gens-là, mais bon : il avait transformé ça en une histoire. Et c'est ça qui m'a laissée sans voix. Comment dire ? Comme s'il avait voulu se rendre intéressant... Digne de curiosité... Le truc qui n'arrive pas à tout le monde...

— Tu commençais à comprendre pourquoi les gens vont dans ces émissions.

— Oui oui... Quoi qu'il en soit, j'expliquai à Chantal-Marie Machin que non seulement je n'interviendrais pas, mais que je ferais le maximum pour convaincre mon ex-mari de laisser tomber. « Donc, vous ne voulez pas témoigner ? » Il y avait presque un reproche dans sa voix, le reproche qu'on ferait à quelqu'un qui refuse d'intervenir en faveur d'un innocent... C'était quand même gonflé. En gros, on allait me diffamer en public, et il aurait fallu que j'accepte de comparaître !

J'ai explosé de colère. J'ai téléphoné à Jean-Jacques. « Je ne sais pas ce que tu as l'intention de raconter, et je m'en fous, sauf sur un point : nous avons une fille. Heureusement que ses copines d'école ne connaissent pas ta tronche... Alors, tu te démerdes, mais tu ne la mêles pas à ça. De toute façon, je signale cette histoire au juge des divorces ainsi qu'à mon avocat. » Il l'a mal pris ; on s'est engueulés. Puis, à tout hasard, j'ai appelé la belle-sœur, la belle-sœur sourire, laquelle, je le reconnais, s'était montrée plutôt sympa avec moi pendant toute la période du drame familial. Elle s'est efforcée de me rassurer, de relativiser. Moi, j'étais épouvantée. J'avais honte, honte pour lui, honte pour notre fille. Je ne comprenais pas qu'il aille se ridiculiser comme ça ; et dans quel but ? Encore, s'ils lui avaient filé du fric ! Mais ce pauvre con allait se rouler dans la merde gratos, pour les beaux yeux de cette espèce de vieille maquerelle. Une nuit, je me suis remise toute seule en colère, je lui ai écrit une lettre, du genre : Te gêne pas, raconte-leur tout, dis-leur que je suis une vraie pute, que j'ai le feu au cul, que je suce des inconnus dans les chiottes, vas-y, de toute façon tu seras encore en dessous de la vérité.

Curieusement, depuis le premier coup de téléphone, une image me venait obstinément à l'esprit : le fusil de mon grand-père Herdoin, suspendu à un portemanteau, au-dessus de ses bottes de chasse, dans une espèce de réduit qu'il y avait à côté de la porte d'entrée... Je me rappelai aussi ma mère, disant parfois « Eh bien, si ta grand-mère voit ça, de là où elle est... » C'est touchant, au fond, cette idée que les morts nous voient, et qu'il ne faut pas leur faire de peine... Subitement, à ma surprise, j'éprouvais un sentiment semblable. Et pas seulement avec les morts. Mes parents pourraient voir cette putain d'émission, de même que tous les gens de là-bas qui nous connaissaient de près ou de loin. Ils verraient cet enfoiré raconter à toute la France émerveillée que je couchais avec mon chef de service, ou que je me costumais en cuir et chaînes avec un collier de chien, ou je ne sais pas quoi d'autre. Alors, le fusil du grand-père... Il m'aurait peut-être condamnée, le grand-père Herdoin, le vieux chef, et encore je n'en suis pas si sûre, j'ai toujours pensé qu'il devait aimer les femmes un peu entreprenantes, mais en tout cas, même s'il avait pensé que sa petite-fille était une traînée, il aurait bien su empêcher un abruti d'aller devant des caméras pour cochonner l'honneur d'une famille.

— L'honneur. Voilà un mot qu'on n'entend plus très souvent.

— Ben oui. L'honneur. Moi aussi, ça m'a étonnée de penser à ça. Ce qui était déshonorant, ce n'est pas ce que j'avais pu faire. Ça, je m'en foutais, on pouvait le savoir, ça ne me dérangeait pas. Et si on me jugeait mal, c'était sur moi que ça tomberait. Ce qui était déshonorant, c'était que quelqu'un qui n'était pas de la famille aille tout répandre sur un plateau de télé. Il n'en avait pas le droit. C'étaient les miens qui auraient honte.

— Et qu'est-ce que ça a donné ?

— Eh bien, l'émission a eu lieu. Je dois dire que ça a été très instructif. Parce qu'à la fois c'était tout faux, et parfaitement minable. Tout faux, parce que déformé pour aller dans le sens de ce qu'il devait illustrer. Comment dire ? Tu as une présentatrice qui dit alors vous, Jean-Jacques, votre femme était désireuse de faire certaines expériences, et en somme, vous ne l'avez pas assumé… Et Jean-Jacques se met à raconter quelque chose de flou, qui ne correspond pas vraiment au menu annoncé… Tu attends des trucs vraiment hardcore, et finalement il n'y a presque rien… Mais on continue à faire comme si. Rien de ce qu'il disait n'était vraiment mensonger, mais en même temps, ce n'était pas nous.

On donnait le coup de pouce, on biaisait. Les gens qui font ces émissions veulent des situations et des récits qui collent avec une certaine idée d'ensemble qu'ils ont d'avance décidé de faire passer, une façon de voir acceptable par tous, et accordée à ce qu'ils présupposent être l'esprit du temps. Il s'agissait en gros de défendre la stabilité du couple, tout en reconnaissant l'aspiration de chacun à une certaine liberté…

— Oui : c'est tout le paradoxe de la morale moderne. On veut concilier la vie conjugale stable et la légitimité du désir, deux réalités en principe inconciliables, sauf dans le cadre du mariage de raison, modèle que par ailleurs on condamne résolument. On sait ça depuis Diderot, et on continue de faire comme si… La confiture du cercle, comme dirait mon père.

— J'entendis donc raconter une histoire, suivant laquelle j'avais tenté d'entraîner mon mari dans des trucs plus ou moins glauques… Mais on ne savait jamais lesquels. « Elle vous a proposé des pratiques échangistes ? — Euh, non, pas vraiment. » Bon, alors quoi, au juste ? Eh bien j'essayais de le pousser vers le lit d'une telle ou une telle… Oh, pas explicitement… Mais enfin…

C'était consternant. En faisant appel à des intentions, on peut tout accréditer. Mais finalement, ce qui m'a débectée, c'était moins ce qu'il a dit que la situation où il s'était mis. Il n'a pas même parlé dix minutes, il s'exprimait mal, il semblait tout petit, tout miteux. Après quoi ils sont passés à l'interview d'un tenancier de boîte à partouzes, et tout a été dit.

Comment avait-il pu. Comment avais-je pu être la femme d'un mec capable de s'humilier comme ça. Je me suis dit : « Mon petit vieux, si par hasard il te restait une chance sur mille, éventuellement, un jour ou l'autre, à la faveur de circonstances imprévisibles, de me refaire mouiller si peu que ce soit, tu viens de la perdre jusqu'à la consommation des siècles. » Je renonçai à le lui écrire, quoique l'envie ne m'en ait pas manqué, me bornant à lui intimer l'ordre de ne jamais montrer la cassette de cette émission à notre fille.

Par contre, j'ai été obligée d'essuyer les plâtres du côté de mes parents, qui étaient consternés. Et là, j'en ai vraiment voulu à Jean-Jacques. Parce que je les aimais, mes parents, d'une part, et parce que, d'autre part, pour préserver l'ambiance dont Alexandra avait besoin, j'ai été contrainte de donner un tas d'explications que je n'aurais pas dû, normalement, avoir à donner. J'ai dû raconter ma vie et, d'une certaine façon, j'ai dû mentir. J'ai été obligée d'expliquer que, si j'avais eu une liaison avec Georges, au boulot, ce n'était pas pour avoir de l'avancement, mais parce que j'étais amoureuse de lui. Or c'était faux, je n'étais pas ce qu'on peut appeler amoureuse de lui, j'avais surtout une envie dévorante qu'il me baise, mais évidemment je n'allais pas dire ça... La vérité... Il n'y a pas de vérité. La vérité consiste à dire aux gens ce qu'ils peuvent entendre à un moment donné, ce qui leur conviendra, les rassurera. C'est tout ce qu'on peut faire. D'ailleurs, est-ce qu'on la connaît, la vérité. Donc, je disais amoureuse, personne ne sait ce que veut dire ce mot, mais il est respecté, on peut dire que vous êtes une pauvre idiote, mais on ne peut pas dire que vous êtes une pute. Après ça il m'a fallu expliquer que non, je n'avais pas cherché à pousser Jean-Jacques dans les bras de nos copines, mais que simplement, comme ça n'allait plus entre nous, j'en étais arrivée à penser que ça serait mieux pour lui de trouver quelqu'un d'autre. D'ailleurs j'avais les faits pour moi : la fille qu'il a rencontrée, je ne risquais pas de la lui présenter, je ne la connaissais pas, il l'avait dégotée tout seul, et je n'avais été mise au courant qu'après plusieurs semaines.

Ça les a calmés. D'ailleurs, mon père ne disait rien. Il est vrai qu'il n'a jamais rien dit. C'étaient ses silences qui étaient terribles. Il n'aimait pas ça, voilà tout. D'un autre côté, je crois qu'il s'était mis à mépriser Jean-Jacques. Dans sa mentalité, un homme doit être capable de « tenir sa femme » ; s'il n'y arrive pas, c'est qu'il n'a pas de couilles. Et en second lieu, chez les Herdoin, on lave son linge sale en famille. Cette histoire de télé l'a dégoûté autant que moi.

Quant à ma mère, qui n'avait franchement pas été tendre au moment de notre séparation, elle a fini par me reparler de tout cela, plusieurs mois après. Elle m'a dit : « Finalement, tu sais… Quand on voit comment les hommes se comportent… Je ne dis pas que je t'approuve, hein, mais enfin. Si ça te va comme ça… Tu as peut-être bien raison de mener ta vie à ton idée. »

Et ça m'a vraiment émue, parce qu'il m'a semblé qu'il lui avait fallu évoluer beaucoup pour pouvoir dire cela ; et évoluer au nom de l'amour qu'elle me portait.

Elle a voulu savoir si « j'avais quelqu'un d'autre ». J'ai dit non. En fait, j'avais une histoire, à ce moment-là, mais on pouvait pas appeler ça une histoire d'amour, je savais que ça ne durerait pas, ça l'aurait encore tourneboulée, et à quoi bon dire aux gens une vérité qu'ils ne sauront pas mettre à sa place ? La vérité, c'est une connerie. Ce n'est pas généreux, la vérité. C'est prétentieux, c'est égocentrique, la vérité. La plupart du temps, c'est méchant. Ça emmerde tout le monde, ça fait de la peine. Les gens, autour de nous, ils veulent qu'on leur donne quelque chose ; et sans doute ils ne veulent pas de mensonges, mais ils n'ont jamais dit non plus qu'ils voulaient la vérité.

— Moi, si ! Je veux *toute* la vérité.

— Toi, c'est pas pareil.

IV

FAITS ET DITS DE FRANÇOIS RUBIEN

— Bon allez, les enfants, il faut s'entraîner. À trois, on crie tous ensemble : « Bonne année, bonne santé, la crotte au cul, la morve au nez ! » Un... Deux...

Nicolas et ses sœurs riaient à l'arrière de la DS, en route pour aller fêter le nouvel an à Vernery. Madeleine haussait les épaules avec un air de reproche : « Tu es vraiment obligé de leur apprendre ces idioties ? Quant à vous, vous ne répétez pas ça devant grand-mère ! » L'idée de la grand-mère Maudon, avec ses chapeaux à voilette, ses bijoux de famille et ses objets de piété, s'entendant préconiser ou prophétiser la crotte au cul, était en effet d'un comique singulièrement malséant.

La nationale 6 s'étirait sous le ciel gris, parmi des labours et des prés tachés de gel ; des localités scandaient le parcours, présentant à chaque voyage les mêmes jalons insignifiants, un hôtel, une publicité peinte sur un mur de grange, un carrefour que le conducteur jugeait « difficile ». Les enfants s'ennuyaient dans la voiture qui donnait aisément mal au cœur.

Obscurément, Nicolas pressentait ce que pouvait signifier ce genre de plaisanterie de la part de son père, et la véritable raison pour laquelle sa mère en prenait ombrage : une propension à rejeter le bon ton des familles, et une manière discrète de maudire la corvée. Papa n'aimait pas tellement Vernery-sur-Arre, c'était visible. Une fois là-bas, il n'était pas le même, il ne parlait pas ou ne plaisantait pas de la même façon, il se montrait poli et lointain, il s'effaçait ; ou alors quelquefois, par saccades, il tenait des propos qui lui valaient, de la part de son épouse, pour des raisons incompréhensibles, des mines réprobatrices ; les adultes semblaient quelquefois comprendre, dans des paroles apparemment innocentes, des choses subtiles et cachées, ce qui rendait Nicolas perplexe.

François Rubien aimait les jeux de langage. L'immense majorité des gens ne prête pas plus attention aux paroles qu'aux multiples objets familiers dont on se sert quotidiennement sans un regard pour eux, un couteau à pain, un gant de toilette, le téléphone. Il s'arrêtait, lui, sur les mots, ces insaisissables entités n'existant qu'à l'intersection d'un son sur les lèvres, d'un tracé sur du papier, d'une définition de dictionnaire. Il s'y arrêtait et les piégeait, les travestissait, les ridiculisait quelquefois, il leur donnait une existence de pitres, de saltimbanques, d'amuseurs. Nicolas connaissait par cœur ces calembours usés à la corde, ces locutions délibérément déformées que son père resservait à toute occasion : Sauf erreur de ma poire... Sauf horreur ou émission... En ce qui me consterne... Le cadet de mes sourcils... Ça doit rester confit dans le sel (confidentiel)... Il en avait dans ce genre-là des dizaines en réserve. Sa *dérision* était prise, il avait *hoqueté* pour telle ou telle solution. Cette décision était *tirée au câble* (irrévocable) et serait signifiée *en bonnet difforme.* « Et puis moi je ne fais pas les choses à Poitiers ! » Il y avait aussi la *confiture* du cercle, et des efforts *couillonnés* de succès. Cela pouvait aller jusqu'aux pires approximations : il y avait *saucisson de continuité,* ou alors il parlait de tel ou tel sujet *par saucisson d'idées.* Parfois aussi, cela s'élevait à des hauteurs de maxime : « Arrondir les angles vaut toujours mieux qu'agrandir les ongles » (proverbe qui concernait notamment Vernery).

Là encore, Nicolas avait pensé plus tard que cette manie recouvrait et dénotait toute sa distance, toute son incroyance à l'égard de tout, de la famille, des singeries sociales, de lui-même peut-être. C'était un moyen de n'être pas complètement dans son rôle, de parodier, de se parodier, de tout parodier, en commençant par la gravité des mots, de ces phrases qu'on prononce jour après jour pour affirmer l'ordre des choses et la maîtrise que l'on exerce sur elles ; et peut-être aussi d'évacuer un malaise, de donner pâture à quelque impatience sous-jacente, d'anesthésier une hypersensibilité inavouée qui le contraignait à tout prendre à la légère, ou plutôt *à la lingère.*

Cela allait jusqu'à inventer des histoires que Nicolas enfant adorait, par exemple celle-ci :

— Et tu sais d'où ça vient, qu'on ait parlé de « la nuit du 4 Août » ?

— Ben, parce que c'était le 4 août…

— Non. C'était une autre nuit, mais les gens ont mal compris. En fait, les types, à trois heures du matin, ils avaient faim, alors ils ont fait apporter des bières, du pâté, du calendos. C'était la *nuit du casse-croûte* !

Nicolas ne se rappelait jamais sans tendresse ce trait, qu'il avait tant admiré à dix ans, à douze ans, de la personnalité paternelle ; jamais non plus sans lui opposer (par saucisson d'idées) le comportement langagier de la grand-mère Maudon. Comportement difficile à illustrer par des exemples, marqué plutôt dans des inflexions, des nuances, de ces détails infimes que les enfants excellent à observer. Il y avait des mots qui étaient vraiment les mots de la grand-mère Maudon. Ainsi les qualificatifs « important » ou « considérable » : Nicolas ne suivait pas avec beaucoup d'attention les conversations des adultes, mais quand la grand-mère parlait, elle finissait toujours par faire état de quelque chose d'« important ». Ou de « convenable » (ou pas). Ou de « scandaleux ». Son monde était peuplé de gens « très bien élevés », voire « recommandables ». Et aussi d'« incapables » — et alors elle baissait la voix, la bouche en cul de poule, les sourcils froncés — ou de « névrosées » (réservé aux femmes). Les adverbes étaient sans retour : « indiscutablement », « à l'évidence ». La grand-mère Maudon respectait les mots comme elle respectait tout : par souci des convenances, et les mots se posaient sur les choses avec la solennité définitive d'un baptême, ou d'un verdict.

Un autre trait avait frappé Nicolas et, dans son souvenir d'adulte, la caractérisait toujours : elle s'exclamait « Dieu soit loué » à propos de n'importe quoi, la pluie qu'elle avait évitée, le plombier qui avait pu venir mardi. Il trouvait ça un peu ridicule. Il la revoyait dépiquant avec précaution les épingles de son chapeau, dans le corridor de la maison, et proclamant de sa voix en majeur : « Je me suis arrêtée chez Dillon ; *Dieu soit loué*, il restait des millefeuilles ! » Elle ponctuait ce genre de propos d'un petit coup de menton involontaire, un tic nerveux qui la révélait mobilisée dans son rôle, raide, guindée, elle-même importante. Louer Dieu pour des histoires de millefeuilles. Nicolas, qui allait au catéchisme et prenait les choses au sérieux, trouvait ça bizarre. Et concevait que son père et la grand-mère Maudon ne fussent pas faits pour s'entendre.

De fait, François Rubien s'était senti, dès le premier moment, c'est-à-dire lorsque Madeleine l'avait amené dans sa famille, et qu'il lui avait fallu présenter *en bonnet difforme* sa demande en mariage auprès d'Étienne Maudon, un étranger à Vernery. Jamais on ne l'avait incité à trouver sa place dans un contexte familial dont les personnalités dominantes étaient sa belle-mère Gabrielle Maudon, et son beau-frère, Raymond, son pendant, puisqu'ils avaient, à la même date du 21 juin 1955, épousé chacun une des sœurs. Raymond comme Gabrielle ennuyaient François. Il ne leur trouvait aucun intérêt, n'avait jamais pu éprouver pour ces gens la moindre sympathie. Il s'amusait parfois du spectacle de ces deux êtres aux caractères inconciliables, qui paraissaient pourtant s'être accordés sur un point : tenir la famille. La veuve collet monté (Gabrielle Maudon, née de La Ronzière, s'était trouvée veuve en 1959) et son gendre mal dégrossi étaient deux êtres de pouvoir, alliés pour l'en écarter, lui, qui du reste ne le cherchait pas. Le pouvoir de quoi, grand Dieu ? De pérorer à table ? De dire ce qu'il fallait penser de la réfection du terre-plein central de la grand-place, ou du facteur qui ne dessoûlait plus ?

Lui, il n'allait là-bas que pour être agréable à

son épouse, agréable est peut-être un mot trop fort ; il y allait parce que ça se fait.

Nicolas captait intuitivement cette distance intérieure, sans la définir ni en comprendre les raisons ; mais, de façon tout aussi instinctive, il prenait le parti de son papa. Ces gens auraient dû l'aimer ; il leur en voulait, il en était triste. Il vouait à Raymond Herdoin, son oncle par alliance, une détestation particulière.

*

Au même rayon que son goût des calembours allait l'intérêt de François Rubien pour les contrepèteries et ce qu'il appelait l'esprit rabelaisien.

Lorsque Nicolas avait atteint ses quatorze ans, son père lui avait appris les contrepèteries : le vent qui siffle dans la rue du quai, les ouvriers qui sciaient sur le chantier et habitaient des gîtes immondes, les laborieuses populations du Cap. Il en connaissait des dizaines. Nicolas s'en régalait d'autant plus que les contrepèteries ont un sens obscène, ce qui, à l'âge qu'il avait, était sans prix. Ils s'amusaient bien tous les deux. « Il y a des gens qui n'arrivent jamais à comprendre pourquoi c'est drôle », soupirait François, désabusé. (Nicolas en referait l'expérience, bien plus tard, face à une Louise tout aussi perplexe.)

C'est son père aussi qui lui avait parlé de

Rabelais. Rubien n'était pas un littéraire, mais c'était quelqu'un qui avait toujours eu des curiosités littéraires. Il revenait souvent sur Rabelais. « Tu comprends, il rigole de tout, la religion, la guerre, n'importe quoi. Il ramène tout sur terre, à la bonne chère, à la gaudriole et aux histoires de merde. Parce qu'on est d'abord un tube digestif ! Et c'est pas triste. C'est chez Luther que ça devient lugubre, chez nous avec Rabelais c'est joyeux. Et au fond ce n'est pas l'humilité chrétienne, mais à mon avis, ça y ressemble. Ce n'est pas une fixation à je ne sais quoi comme dit ta sœur. » Une des sœurs de Nicolas, qui donnait dans le psychanalysme, avait parlé de stade anal à propos du goût de son père pour les plaisanteries scatologiques. « Le stade anal ? Je connais pas ce stade. On y joue au foot ? »

Avec l'âge, il était devenu pessimiste sur ces sujets. Les gens ne comprenaient plus ce bon vieux rire populaire qui montait du fond des siècles. D'ailleurs il n'existait plus de rire populaire. L'homme moderne n'avait aucun humour sur lui-même. « T'as qu'à voir tous les trucs sur le sexe, maintenant. On ne sait plus en rire. Y a plus d'esprit gaulois, c'est fini, l'esprit gaulois ! »

— Oh, tu nous casses les pieds, soupirait Jeanne, l'aînée de ses filles, la freudienne. Toujours en train de râler comme quoi tout était mieux avant.

*

C'est lui qui avait rebaptisé la famille de sa femme « les Purjus de la Souche ». Cette affaire-là venait de loin. François Rubien ne s'était jamais privé de faire savoir à Nicolas et à ses sœurs qu'il ne pardonnerait pas de sitôt certaines remarques à Gabrielle Maudon, née de La Ronzière. Il voyait là la marque d'une bêtise et d'une suffisance qui le consternaient. « Votre mère n'était pas comme ça, elle ! » prenait-il soin d'ajouter.

Les Purjus de la Souche. Il avait trouvé ça après avoir lu *Silbermann*. C'était d'abord un téléfilm, qu'il avait vu au début des années soixante-dix ; après quoi, intrigué, il avait acheté le roman de Jacques de Lacretelle. En toile de fond, il y avait ces histoires d'antiquaires juifs qu'on accusait de rafler les trésors artistiques des églises, un thème qui circule dans toute l'époque, en parallèle avec l'affaire Dreyfus et les lois de séparation. Et au premier plan, l'histoire poignante de cet adolescent juif qui rêve de devenir un grand écrivain, et qui, confronté au préjugé antisémite (peut-il être véritablement français ?), renonce à la fin à toutes ses ambitions et part pour l'Amérique, afin de travailler avec son oncle dans le négoce de diamants. Dès cette époque, Rubien avait repensé à son père, Élie, et à ses grands-parents juifs, immigrés d'Ukraine au début du XXe siècle.

Longtemps il s'était désintéressé de ses origines. Élevé dans des idées laïques (son père avait envoyé promener toute la Torah pour épouser une goye), il n'avait fait aucune difficulté pour se marier à l'église ; acceptant même dans cet objectif le baptême catholique, laissant sa femme (et, à Vernery, « les femmes ») emmener sans lui les gamins à la messe. Pas davantage il ne s'était opposé à l'inscription de Nicolas dans une école catholique (Jeanne et Emmanuelle, pour des raisons de commodité, avaient été « placées » dans le public).

Pour autant, il ne se disait pas athée. Il avait un jour lancé à sa belle-mère, en fin de repas :

— Je refuse l'absolution de toutes les Églises, je demande une prière à toutes les âmes, je crois en Dieu. Vous savez qui a dit ça, madame Maudon ? Victor Hugo. Eh bien, c'est ça, ma religion !

Cela avait jeté un froid. Elle n'avait pas répondu, pincée, inquiète, comme s'il y avait eu là-dedans quelque insanité dissimulée, une plaisanterie qu'elle ne comprenait pas, qui sait, une contrepèterie. Il n'y avait pas de contrepèterie. Mais décidément ces deux-là ne pouvaient pas s'entendre.

*

Il vivait seul à présent avec Jolie, sa chienne, sa « bergère allemande », comme il disait. Il citait le mot de Desproges : « Plus je vois les hommes, plus j'aime mon chien ; plus je vois les femmes, moins j'aime ma chienne. » Puis il frottait affectueusement le cou de l'animal : « Mais non, je dis ça pour rire, ma Jolie ! Ouh, dis donc, ça serait pas une tique, ça, des fois ? » Sa longue fréquentation des bêtes lui laissait quelque chose de rustique et de doux, de légèrement asocial peut-être.

Étrange chose que la métamorphose de l'avenir en passé. Sa destinée terrestre s'achèverait dans une grande maison vide de Villefleurs, en compagnie d'une chienne nommée Jolie, entre des cassettes vidéo et des bouteilles de quincy qu'il vidait, au goût de ses filles, un peu trop vite.

Il avait été veuf en 1990. Trente-cinq ans de mariage s'étaient à partir de cette date éloignés de lui, comme le rivage d'un pays que l'on a longtemps habité, et où l'on sait que l'on ne reviendra plus. Il s'étonnait que le temps fût si long, vu sous un certain angle, alors que tout passait si vite.

Madeleine Maudon. Rencontrée en 1954 à Paris, où elle séjournait chez une amie de pensionnat, étudiante comme lui à l'école de Maisons-Alfort. Il avait eu presque aussitôt la conviction que cette belle brune un peu froide serait sa femme. Ce qu'il apprit d'elle, à ce moment, l'intéressa : la bourgeoisie de province, le terroir de Vernery. C'était comme s'il allait, à travers elle, s'approprier cette France-là.

Deux ou trois ans de mariage plus tard, il avait compris qu'il n'y avait rien à s'approprier, d'une part ; d'autre part, qu'on le maintiendrait en lisière. Mais il avait compris aussi autre chose, de plus grave : Madeleine ne l'aimait pas. Elle l'aimait bien, elle l'estimait, elle était une épouse tout à fait loyale et dévouée, mais elle ne l'aimait pas. Ce mariage était un piège ; quand il en eut compris le mécanisme, il était trop tard.

Il avait sous-estimé l'épisode, qu'elle ne lui avait pourtant pas caché, du précédent fiancé.

Madeleine Maudon avait été follement amoureuse d'un autre garçon, qui avait rompu les fiançailles après l'avoir fréquentée plus d'un an. Il avait eu le coup de foudre pour une autre. Il le lui avait expliqué, aussi gentiment que possible, dans une lettre. Avec tous ses regrets. On n'a qu'une vie…

Elle n'avait pu lui en vouloir, mais il arrive d'avoir le cœur brisé. Cette expression convenue, un peu sirupeuse, désigne un accident humain véritable. Il pourra y avoir d'autres amours, d'autres liens, mais une flamme a été soufflée qui ne s'allumera plus ; une certaine qualité de candeur, une foi instinctive et généreuse seront à tout jamais impossibles. François Rubien était jeune ; il n'avait pas compris que sa belle amie était passée par là sans retour.

Cette histoire avait d'autant plus blessé Madeleine qu'elle s'était aggravée d'un drame familial et d'une humiliation pénible. Sa mère, qui pour des raisons connues d'elle seule, désapprouvait depuis le début ce gendre potentiel, avait entrepris de la sermonner. Elle n'aurait jamais dû s'afficher avec ce garçon. Elle le lui avait bien dit. Elle sentait, elle, que ça ne tiendrait pas. Madeleine n'avait aucune jugeote, voilà. Et puis têtue comme un âne.

C'était jeter du sel sur la plaie. Constante dans l'erreur, Gabrielle Maudon s'était mise en devoir de découvrir un autre prétendant pour sa fille. « Ça va être commode, à présent. Tu as bonne mine. Tout le pays est au courant. »

Il est toujours difficile de départager, dans de tels comportements, ce qu'il entre d'inconscience pure et simple, et de passions venimeuses, celle en l'occurrence de tout contrôler, de tout dominer. Eût-elle rêvé de détruire sa fille qu'elle ne s'y fût pas prise autrement. Une inavouable détestation avait éclos dans le cœur de Madeleine à l'endroit de cette mère toujours sûre d'avoir raison, toujours à la hauteur de tout, tranchant de tout, régentant tout. Elle aurait fait n'importe quoi, à cette époque, dans le seul but de la contredire.

Séjournant chez son amie parisienne afin de se changer les idées, elle avait alors rencontré ce garçon des faubourgs, plutôt joyeux drille ; elle l'avait agréé parce qu'il était beau garçon, certes, et lui avait fait la cour avec délicatesse, mais aussi et surtout pour barrer la route aux empiétements maternels. Sans doute aussi avec l'espoir d'oublier le fiancé perdu.

Elle avait sincèrement essayé ; mais les cœurs brisés en brisent d'autres ; c'est un mécanisme implacable, un mal qui se transmet. Dans quelle circonstance de leur vie, au détour de quelle phrase ou de quel incident il mesura l'étendue du désastre, il était le seul à le savoir.

Il ne pouvait pas vraiment lui en vouloir, lui non plus. Madeleine faisait ce qu'elle pouvait. Elle était loyale. C'est le mot qui lui venait toujours à l'esprit lorsqu'il pensait à elle. Il savait d'ailleurs qu'il la garderait. Ils n'étaient pas d'un milieu et d'un temps où le divorce fût admissible, à moins de conflits épouvantables ou d'une incompatibilité dangereuse. À cause du passé, à cause de « tout le pays qui était au courant », à cause de sa mère qu'elle avait bravée (« le fils d'un Juif et d'une sans-Dieu ! »), elle ne pouvait pas se permettre de perdre cet homme. Il le lui fallait parce qu'elle l'avait voulu. L'investissement consenti était vital ; à ce défi devait répondre une réussite. Admettre l'échec eût été une autodestruction.

Il le savait; elle savait qu'il le savait... Ils avaient tacitement renoncé à l'amour, voilà tout. C'était fort simple. L'amour est une fumée, une chimère, une histoire de cinéma interprétée par Michèle Morgan et Jean Gabin. Dans la réalité, il y avait les enfants, le cabinet de vétérinaire, la maison. Ils avaient administré leur foyer, leur famille, avec sérieux, se vouant mutuellement une estime qui contrebalançait mal les rêves carbonisés.

Comment la chimère, des années plus tard, avait pris sa revanche, voilà ce que François avait bien sûr laissé ignorer à Nicolas et ses sœurs. Ces derniers, au fil des années, au hasard des indices et des confidences, avaient deviné, reconstitué plus ou moins cette histoire secrète du couple de leurs parents. Nicolas y rattachait un des sentiments les plus énigmatiques et tenaces de sa vie :

— Il me semble avoir toujours compris que mon père n'était pas vraiment aimé. Je ne pourrais pas le prouver, mais je crois... Je crois aussi que j'ai ressenti cela comme une injustice. J'ai l'impression que ça a beaucoup joué par la suite dans mes rapports avec les femmes. En quelque sorte, j'ai cherché à prendre une revanche, non pas sur lui, mais pour lui...

— Ah oui? Et de quelle manière? demandait Louise. En te les tapant, comme ça, chaque fois que tu peux?...

— Oui, enfin, n'exagérons rien... Mais vous ne devriez pas avoir le droit de ne pas nous aimer. C'est pas normal. Remarque, je dis ça et c'est peut-être des élucubrations. Nous nous racontons et re-racontons indéfiniment notre pauvre vie, et nous ne savons jamais rien. Rien.

*

François Rubien vivait désormais à son gré, traînant dans son jardin avec un gros pantalon de velours côtelé, la chienne Jolie dans ses pieds, revenant dans sa cuisine se servir un verre, passant du temps l'après-midi devant les chaînes du satellite, les documentaires ou les films. La passion du septième art lui était venue avec l'âge. Il compulsait les programmes, enregistrait ceci, cela, avait demandé à ses filles de lui trouver un dictionnaire du cinéma. On savait toujours quoi lui offrir : les grands Antonioni en DVD, aussi bien que les plus affligeants nanars encore trouvables dans la collection René Château, des vieux trucs avec Bourvil. Il regardait tout, avec une prédilection pour le cinéma du temps de son enfance et de l'après-guerre. Il faisait des théories :

«J'ai regardé ça... *Nana*, filmé par Christian-Jaque en 1955. Et là j'ai compris comment le vieux cinéma français a été tué. Coproduction franco-italienne, pour s'offrir la couleur. Ah, de la couleur, t'en as ! Des mauves, des rouges, des verts, du doré partout, ils se sont régalés, les mecs. Seulement il fallait que ça passe sur les deux marchés. Donc les dialogues, le côté parisien, populaire, cette saveur française que tu trouves dans les dialogues d'un Jeanson, par exemple, fini. Un Noël Roquevert là-dedans n'est déjà plus à sa place. Tu vois ? il est déplacé dans un film français, d'après un roman français, lui, cet acteur si profondément français. Et la fille ! On s'est cru obligé de fabriquer une espèce de Marilyn Monroe locale. Tu imagines ce qu'une Arletty aurait fait d'un rôle pareil ? »

— Eh oui, c'était mieux avant, ironisait Jeanne.

Il vouait un culte à Danielle Darrieux, naturellement. Côté hommes, à Robert Dalban, le bourru à gros pif de *Marie-Octobre* et des *Tontons flingueurs*.

En un sens, il était soulagé que tout fût loin, et terminé. Tout doucement, il se lassait de vivre. Il ne se trouvait pas si mal dans sa peau de vieux solitaire. Les journées passaient comme il voulait ; la bouteille mettait du baume sur la solitude, l'ennui et les regrets. Il revivait des moments heureux de Belleville, il revoyait des images de ses enfants quand ils étaient petits. Son métier aussi lui avait plu. Il aimait cette vie différente et si proche, la vie des bêtes, tout ce souci, et cette patience, et ces appétits qui se donnaient cours sans but et sans même le savoir dans des consciences obscures. C'est en songeant aux bêtes, et plus précisément un jour qu'il vaccinait de jeunes porcs, qu'il s'était forgé une certaine conviction de l'existence de Dieu. Oui, quelque chose d'extérieur, en des temps très anciens, était venu frapper l'animal, quelque chose comme un laser ; et l'homme s'était connu. L'animal humain était devenu capable de se soustraire à la pure programmation qui est la condition des espèces. À quelle époque cette fondation avait-elle eu lieu ? Il devait y avoir eu un début, un signe. Un moment sur la terre sauvage. L'animal se met à rêver et à se souvenir. Il apprend à apprendre. Il invente le récit de ce qu'il ne sait pas. Il réserve de la nourriture, conçoit l'échange.

Cette rupture, ce saut qualitatif, aux yeux de François, ne pouvaient qu'être le signe d'une intervention extérieure. Les processus normaux de la matière ne pouvaient pas engendrer autre chose qu'eux-mêmes ; il y avait *saucisson de continuité.* Pour que la méditation parût dans la bête, il fallait qu'elle vînt de quelque part. Il était difficile de localiser la date à laquelle l'animal vertical avait ainsi reçu le Paraclet, le SMS d'en haut. L'invisible événement s'étendait dans les millions d'années du paléolithique, sur tout le curriculum vitæ de l'australopithèque. Cinq cent mille ans : le feu. Soixante mille ans : première attestation d'un rite funéraire. Trente-cinq mille ans : l'homo sapiens. Dieu n'est pas apparu à l'homme en ce temps-là, les grandes révélations viennent beaucoup plus tard, mais *du dieu* apparaît *dans* l'homme.

Le diable aussi est plus tardif. Le diable est plus civilisé. C'est un tordu, un vicieux. Un mondain. Comme son nom l'indique, il réside dans la duplicité. François Rubien, au cours de sa vie, ne s'était guère aventuré de ce côté-là.

*

Il avait changé de chambre après la mort de sa femme, pour s'installer dans une pièce du rez-de-chaussée.

Il avait disposé là les portraits de ses parents, et puis la reproduction agrandie d'une photo ancienne, représentant *Le Postillon d'argent* vers 1910 ou 1920, avec les filles de salle, le palefrenier, le cuistot, tout ce monde en rang d'oignons devant la porte, dignes, raides comme des piquets.

C'est au-dessus de cette gargote qu'il était né en 1928. Son père, Élie Rubien, était arrivé d'Ukraine dix-huit ans plus tôt, à dix ans, avec ses parents. Il avait fait coiffeur et, après s'être constitué une bonne clientèle et quelques économies, il avait épousé la fille du *Postillon d'argent*, Denise Mazerot.

François possédait aussi la photo de son grand-père maternel, Victor Mazerot (1860-1943), qui avait vécu la Commune et le siège de Paris. À dix ou douze ans, il l'avait entendu raconter ces grands souvenirs, et plus tard, à son tour, il avait cherché à en faire profiter ses propres enfants :

— C'est dommage, à cet âge-là, on ne fait guère attention, j'ai oublié pas mal de détails… Je me souviens qu'il parlait des chevaux de fiacre qu'on emmenait à l'abattoir, et puis des batailles de rue, quand les Versaillais sont entrés. Plus haut derrière l'église, là où maintenant il y a cette espèce d'horreur, là, la place des Fêtes, il avait vu deux gars se faire descendre ; là-dessus sa mère est arrivée, lui a flanqué une paire de claques terrible, tellement elle avait eu peur pour lui, et l'a fait rentrer en vitesse. Ah, et puis je me souviens de l'histoire de leur voisine, celle qui s'est précipitée au-devant des premiers soldats qu'elle a vus afin de dénoncer son mari. Elle a donné son signalement, elle a dit que c'était un enragé, qu'il avait participé à l'assassinat de deux curés, etc. Ce jour-là, le type n'était pas chez lui. Elle a bouclé la porte, et quand il est revenu, il a eu beau gueuler pour qu'elle le laisse entrer, rien à faire ! Les soldats l'ont attrapé et fusillé devant la maison. En fait il n'avait tué personne, seulement il buvait, et quand il avait bu il la battait comme un sauvage.

Elle n'en pouvait plus, elle avait finalement trouvé ça pour se débarrasser de lui…

François aimait son enfance bellevilloise. Après les lois de Vichy, ils étaient passés entre les mailles du filet qui s'était abattu sur les arrondissements de l'est et du nord, tout simplement parce que le petit hôtel-bistro était connu comme étant « chez Mazerot ». Personne n'avait songé à aller chercher là un Rubien, fils d'immigrés juifs morts depuis quelques années. François n'avait aucun souvenir de la rafle de juillet 42. Il était en vacances « à la campagne », c'est-à-dire à Noisy-le-Grand, chez des cousins.

L'année même de son mariage, il était venu s'installer à Villefleurs, aujourd'hui dans le Val-de-Marne, à vingt kilomètres de Paris. « Quand on est vétérinaire, mieux vaut aller où il y a des bêtes ! Ici, j'ai connu des fermes, deux fermes, avec des vaches et des porcs. Il y avait aussi un gros élevage de volailles. J'ai signé des tas de certificats pour la boucherie. C'est vers 65-70 à peu près que ça a basculé. Je l'ai senti très vite. Les gens ont commencé de venir vivre ici, de se faire construire des baraques. À partir de là, de plus en plus, J'ai gagné ma vie avec les chiens et chats de compagnie, et puis en 77 j'ai eu les poneys et les chevaux du club d'équitation, bref, l'animal de loisir. La bête qui se mange, c'est terminé, on la voit même plus passer, elle arrive dans du polystyrène, sur l'autoroute, à une heure du matin, dans des trente tonnes réfrigérés. Quant à la bête utile, celle qui travaille, il n'y en a plus. En 68, je m'en souviens encore, j'ai été obligé d'euthanasier le dernier cheval de trait vivant dans le pays, il tenait plus le coup. Tenez-vous bien : ce canasson avait fait l'exode de mai-juin 40 ! »

*

En 1990, Madeleine Rubien, née Maudon, morte d'un cancer, avait été inhumée à Vernery, dans le caveau familial où reposaient ses propres parents parmi toute une danse macabre de « Purjus de la Souche ».

Le soir du premier anniversaire de sa mort, comme Nicolas et ses sœurs dînaient ensemble chez lui, François Rubien leur avait dit : « Tenez, puisque vous êtes là tous les trois, j'en profite pour vous dire que, quand ça sera mon tour, je voudrais être incinéré. Après ça, tâchez de me saupoudrer rue de Belleville, si tant est que vous en ayez le droit, parce qu'avec toutes leurs lois, maintenant, ils sont bien capables d'interdire ça aussi… »

Personne n'avait fait de commentaires, mais Nicolas, pour la première fois de sa vie, avait songé à ce que représentent les tombes. Il imaginait dans l'avenir sa mère, là-bas, dans la campagne verte, rendue au petit monde provincial qui l'avait vue naître, et son père disséminé sous les pneus des voitures, sous les pattes des pigeons et des moineaux parisiens, sous les pas de la population du XIXe arrondissement. C'était bizarre, pour un couple. Bien sûr, ils seraient morts, tout ça n'avait qu'une importance très relative. Et pourtant ces représentations lui donnaient froid.

V

IMMOLA

— … Et tu as pu tomber amoureux d'un engin pareil ?

— J'en ai peur. Tu sais, ça ne prévient pas, c'est comme la grippe.

— Et puis enfin, personne ne s'appelle « Immola » !

Louise s'étonnait, parmi tout ce qu'elle avait appris ou observé de l'existence de son amant, de l'impact que paraissait avoir eu cette femme. Amoureuse, elle s'en fût alarmée ; il avait beau en parler avec détachement, elle eût soupçonné quelque effet de persistance, une de ces nostalgies douloureuses qui peuvent, longtemps, empêcher d'être libre. Fort heureusement, si elle appréciait la compagnie de Nicolas, elle avait su, ils avaient su, jusqu'à présent du moins, ne pas y chercher autre chose que la complicité et le plaisir. Elle se sentait donc à l'abri du danger ; sa curiosité n'en était pas moins vive. Et par conséquent « Immola » avait fait l'objet d'un chapitre de leur Décaméron intime.

Il y avait d'abord ce nom insolite par lequel il la désignait.

— Les vrais noms sont insignifiants... Quand mon père baptise sa belle-famille les *Purjus de la Souche*, cela veut dire quelque chose, tandis que La Ronzière ou Maudon, ça n'a aucun intérêt. Ce sont les surnoms qui font les personnalités. On devrait toujours se rebaptiser. Je n'ai pas pensé assez tôt à prendre un pseudonyme ; j'aurais dû. Immola, c'est le nom par lequel je lui donne son vrai visage.

*

... Et d'abord, ça voulait dire quoi, cette passion pour la guerre de 14-18 ? Oui, on pouvait commencer par là, on peut toujours commencer n'importe où dans les intrigues humaines. Le temps n'a pas tellement de sens, tout se répond d'un bout à l'autre des années, des moments. Tout fait écho. Il avait noté cette préoccupation qui n'était tout de même pas fort courante parmi les femmes de son âge et de sa condition. Pourquoi lisait-elle tout, savait-elle tout sur la guerre de 14-18, les offensives, les tranchées, la vie et la mort des combattants ? Quelle jouissance, ou quelle panique, s'emparait-elle de ces beaux yeux, de ce joli visage à la fois sage et sensuel, à l'évocation de toute cette horreur, ce vacarme, cette puanteur et tout ce sang, tous ces jeunes hommes exposés, affolés, blessés, broyés, défigurés ? Fallait-il imaginer on ne sait quel frémissement de maternité rentrée, retournée, éveillant alors son ventre demeuré bréhaigne ?

Oui, on pouvait commencer par là, par cette sombre fascination qui aurait fait sourire Brassens dans sa moustache, *moi, mon colon, celle que j'préfère, c'est la guerre de 14-18...* On pouvait commencer par là, ça donnait le ton, c'était déjà tout un mystère. Cependant cela bloquait le récit, en ouvrant d'emblée des gouffres psychologiques. Or il n'est pas certain qu'on puisse comprendre les êtres ; alors qu'on peut les raconter.

C'est pourquoi Nicolas avait décidé de commencer plutôt par le fait précis, l'événement à partir duquel il s'était posé des questions.

Ce fait précis, c'est que le Diable, un jour d'avril, était apparu dans une commode.

C'était une petite commode ancienne, assez jolie, revêtue d'un placage genre merisier, peut-être, ou bien un bois de ronce, une loupe d'orme ; on obtient des surfaces où les veines du bois apparaissent en quelque sorte déployées, dupliquées, comme lorsque l'on rouvre la feuille encrée dans le test de Rorschach.

Et c'était sur le panneau vertical formant le

flanc droit du meuble que le Diable était apparu.

À peine était-il arrivé chez elle, ce soir-là, qu'elle l'avait pris par la main et guidé à travers la pièce pour lui montrer ça.

« Regarde... Tu ne le vois pas, là ? Les yeux... »

Nicolas le voyait. Il le voyait très bien. Il lui semblait connaître cette représentation, une gravure de Goya, peut-être, une évocation de sabbat... Il l'avait déjà vu, il ne le reconnaissait que mieux. C'est bizarre, comme on le reconnaît tout de suite... Les veines du bois, de part et d'autre d'un axe de symétrie, faisaient apparaître les yeux, en effet, surmontés de deux cornes, ou de deux oreilles torses, et surtout ce mufle, un museau pointu de bouc, un peu courbe, qui semblait se projeter vers l'avant dans un éternuement de fureur.

C'était lui, pas de doute, c'était réellement impressionnant.

— Depuis quand tu l'as, cette commode ?

— Longtemps... Elle vient de ma grand-mère.

— Et tu n'avais jamais remarqué ça ?

— Non. J'ai l'impression qu'il est apparu.

Il demeurait partagé entre la perplexité et le sourire. Perplexité, car ce diable de sabbat était là, indiscutablement, avec une présence invraisemblable, terrifiante. Sourire, car enfin...

Mais quand il revint le lendemain, elle s'était

procuré une branche de buis, un vieux buis bénit tout sec et jaune, un buis bénit du dimanche des Rameaux dans la tradition catholique, exactement semblable à celui qui, à Vernery-sur-Arre, ornait encore le crucifix au-dessus du lit de la grand-mère Gabrielle Maudon. Dieu sait où elle avait déniché cette relique, elle la possédait en tout cas, et elle l'avait fixée devant la Face maudite, après quoi elle avait posé un Évangile au-dessus, sur le rebord de la commode.

Il retira de cet épisode des sentiments mêlés : un attendrissement devant cette peur de petite fille, de petite Italienne qui a une image de la Madone dans le pare-soleil de sa voiture, un aspect de sa personnalité qui lui plaisait assez. De toute façon, il avait senti qu'il ne fallait pas rire ; ça l'avait tourneboulée, ce Diable.

— Je pressentais qu'il y avait là quelque chose d'explosif. Une zone sensible. Sans compter qu'après tout, moi, le Diable… Comment dire ?

Louise avait levé les sourcils.

— Tu ne vas tout de même pas m'annoncer que tu crois au Diable ?

— Non, ce n'est pas à proprement parler que j'y croie, mais enfin… Je persiste à penser qu'il vaut mieux se méfier. Par exemple, dans tout ce que j'entreprends, un voyage à organiser, une démarche administrative, je préserve ce que j'appelle la part du Diable. Je maintiens délibérément une négligence, un retard, un élément qui à la rigueur peut tout faire foirer. Il vaut mieux lui donner sa part d'avance, car ainsi on choisit en quoi elle consistera ; sinon, il pourrait venir se servir lui-même, et l'on ne choisirait plus…

— Seigneur ! Je couche avec un mec qui fait des signes de croix dans les églises et qui croit au Diable. Et au fait, quand tu construis un pont autoroutier, tu laisses une possibilité pour qu'il s'effondre ?

— Non, mais je m'arrange pour qu'un manœuvre tombe dans le béton liquide. Et d'ailleurs, s'il y avait une erreur que j'étais en train de commettre à ce moment-là, c'était justement celle-là : ne plus faire la part du Diable. J'étais avec elle depuis quatre ou cinq mois. Il y aura eu dans ma vie, à cette époque, un moment où j'ai eu l'impression que tout m'était donné, que j'avais toutes les cartes en main. Je ne doutais plus de rien. J'étais confiant. Je crois même que j'étais heureux. Je me souviens d'une phrase, prononcée un soir devant moi, au cours d'une réception, par une quasi-inconnue, à propos de je ne sais plus quoi : « De toute façon, vous savez ce que c'est, n'est-ce pas, c'est quand on croit maîtriser sa vie qu'on se casse la figure… » Je me rappelle combien cette remarque, qui ne m'était pas adressée — cette remarque qui semblait venir sans raison majeure dans la conversation, et qui ne fut relevée par personne —, me parut avoir été dite pour moi. Comme si la personne qui l'avait prononcée, et qui ne me connaissait pas, n'avait été à son insu qu'un véhicule... C'était un avertissement.

— Des avertissements, à présent !... Ton ange gardien, peut-être.

— Je te dis les choses comme je les ai vécues. Je me demande encore pourquoi cette bonne femme a sorti ça, tout ce que je sais, c'est que je me le suis reçu en pleine tronche.

Et ce fut en effet durant ces jours-là que tout commença à se dérégler doucement, à petits incidents, à petites surprises, et qu'il s'était mis à avoir peur. Trop tard, sans doute ; le Malin était en marche ; il allait venir réclamer sa part.

À la vérité, les fantômes ne manquaient pas dans ce coquet appartement au cinquième étage, sur une rue retirée de Paris, avec le minuscule ascenseur où l'on tenait à peine à deux... Il y avait par exemple sa photo, sa photo à elle, en jolie petite fille, deux ans, trois ans. Une photo noir et blanc. Elle ne regarde pas l'objectif, elle se détourne vers la droite, elle vient de voir quelque chose qui lui plaît, et elle le montre du doigt, un doigt qui se tend hors de la main potelée ; le photographe, dès ce moment-là, elle l'oublie, son attention est requise ailleurs... Cette photo se trouvait dans sa chambre, glissée entre la glace et le cadre, au-dessus de la petite table qui servait de coiffeuse.

— Elle me l'avait montrée la première fois que j'y étais entré : « Tiens, là, c'est moi. Et tu sais pourquoi je souris ? Ma mère m'a raconté ça, ça faisait un bon moment que le photographe essayait de me faire sourire, pas moyen, je grognais, et là, subitement, je souris parce que mon père vient d'entrer dans la pièce, c'est lui que je désigne du doigt. » Bon, très bien... Très touchant. Sur le moment, je n'ai pas relevé, mais par la suite, ça m'est revenu... On ne sait jamais tout ce qui vient habiter un moment, une remarque, une phrase anodine. Tu vois la scène ? Une femme emmène un homme, un amant, dans sa chambre, pour la première fois. Et qu'est-ce qu'elle lui dit, aussitôt arrivés là ? Quel est le message ? Le message, c'est : « Tu vois, là, je suis heureuse parce que *mon père vient d'entrer.* »

Vus sous cet angle, ces mots étaient comme un défi, un défi dont je devais comprendre par la suite qu'il était impossible, qu'il était surtout interdit, de le relever.

Bien entendu, sur le moment, je n'ai pas fait attention à ça, j'avais d'autres préoccupations en tête...

En fait, il y avait un monde fou, dans cette chambre. Y avait la mère. Y avait le frangin. Y avait le neveu. Y avait même mon prédécesseur, et moi, mon Dieu, ça ne me gênait pas, mais je me disais, tout de même, à sa place, j'aurais enlevé cette photo-là... On ne fait pas innocemment l'amour face à la photo de quelqu'un. Les gens dont on met l'effigie autour de soi sont présents. Je crois, Louise, à la présence des absents et des morts !

— De mieux en mieux. Il est fou.

— Qui y avait-il, encore ? Ah oui, il y avait la Sainte Vierge... En photo. Celle de Michel-Ange, qui est à Bruges... Et puis il y avait encore quelqu'un d'autre. Planqué. Mais cela, je ne l'ai découvert que plus tard. Et donc, il y avait le père. Justement. Sur la table de nuit ; avec un morceau de buis bénit, lui aussi. Chez n'importe quelle femme au monde, cherchez le père, et vous aurez compris déjà pas mal de choses. Ici, pas de problème : on ne risquait pas de le manquer.

En avait-il entendu parler, de cet homme magnifique, de ce dieu disparu ! Dès le début, et à toutes les sauces. Gros Italien réjoui, arrivé du Piémont vers 43. Chemise noire en Italie (« bien obligé », paraît-il), FTP à la libération du Midi, le genre ramenard, *Bella Ciao* et compagnie. Avait monté une affaire de tissus et de fringues. Tailleur, en quelque sorte, ou fabricant de prêt-à-porter.

— J'y reviendrai tout à l'heure, au père. Il y

a beaucoup à dire. Mais il y avait aussi le clandestin de la chambre.

— Le clandestin…

— Ouais… L'habitant secret, planqué comme une fève dans le gâteau… Je ne suis pas trop fier de ce détail, parce que, ce jour-là, j'ai commis une indiscrétion, il faut bien l'avouer. C'était plus tard, après l'épisode du Diable. Un matin, j'étais encore couché, elle devait être à la salle de bains ou à la cuisine. Je cherchais ma montre, que j'avais laissée tomber à côté du lit. Et là, tout près, il y avait la table servant de coiffeuse, encombrée de tous les pots et les flacons, équipée d'une sorte de petit rideau fixé avec des pointes, tout autour, pour masquer le dessous. Au milieu, ça se rejoignait, on pouvait soulever un des pans.

Quel diable me souffla la curiosité de regarder ce qu'il y avait sous cette table ? C'était idiot, il n'y avait certainement rien, sous cette table ! Ou alors, je ne sais pas, il pouvait y avoir, par exemple, deux vieilles boîtes à chaussures vides avec le papier de soie froissé à l'intérieur, ou bien un couvre-pieds plié dans un emballage de pressing, ou encore un sac en plastique de chez Franprix contenant des cintres, enfin, de ces machins que l'on peut flanquer sous la coiffeuse, derrière le petit rideau, et oublier là… Et puis de toute manière, ce n'étaient pas mes oignons…

Trop tard. D'un doigt, j'avais déjà soulevé le petit rideau, et je l'avais déjà laissé retomber, comme si je m'étais brûlé, ayant vu ce qu'il y avait là-dessous. Il y avait en effet quelque chose d'assez imprévu. Ça luisait doucement. C'était tout noir. C'était tout noir, ça luisait doucement et ça représentait quelqu'un, mais qu'est-ce que ça foutait là ? C'était un buste du Duce, un buste du Duce tout noir, on aurait dit qu'il essayait de sortir de sous le plancher…

— Du Duce ? De Mussolini ?

— Ouais. Un buste de Mussolini. Je te le dis, Louise : il y avait un monde fou dans cet appartement.

*

C'est à ce moment de sa vie que Nicolas avait commencé de pressentir dans la survie des morts une vérité essentielle, ou plutôt une façon de voir essentielle, une de ces perspectives sans lesquelles on s'aveugle en croyant s'émanciper.

— Les morts sont là. Il y a une survie, qui consiste en un effet de persistance et produit une énergie agissante. « Comme à travers un songe, ils entendent nos voix. » Il y a des morts mal enterrés. L'humanité n'a pas par hasard ou par ineptie toujours plus ou moins cru à cela. Il y a des morts qui ne s'en vont pas. Ils veulent, ils voient, ils songent, ils touchent, ils ont encore quelque chose à dire. Refuser de croire à cette présence, c'est enfermer la vie dans une cage climatisée, à la porte de laquelle frappent la terreur et la superstition.

Ça me rappelle quelque chose que m'a raconté mon fils. Il devait avoir huit ou neuf ans, il était en colonie de vacances; ils étaient hébergés dans un château. Et à l'arrivée, certains des gamins avaient plus ou moins peur, il y en a un qui a parlé de fantômes. Alors, une des monitrices les a tous rassemblés, le soir après le dîner, et elle leur a fait hurler en chœur : Les fantômes, ÇA — N'E — XIS — TE — PAS ! Plusieurs fois de suite. Je trouve cette histoire très étrange. À mon avis, tu vois, cette fille y croyait, aux fantômes. Elle ne le savait peut-être pas, mais elle y croyait. C'était sa propre peur qu'elle exorcisait. Parce que si tu penses vraiment que les fantômes n'existent pas, tu n'as pas besoin de le gueuler comme un sourd, comme on fait du tapage pour éloigner les serpents…

Pour en revenir à Immola, il était là, le père, dans la chambre, il y était bel et bien puisqu'elle le désignait, le convoquait. Présent, comme le Christ est présent dans l'Eucharistie. Et elle, dans l'instant même où elle le convoquait et le désignait, elle faisait resurgir aussi la petite fille qu'elle avait été. Le temps est immobile en nous, ou autour de nous, comme une grande maison ; les différents âges sont comme autant de pièces ;

on se trouve dans l'une ou dans l'autre, mais toutes sont là, et l'on peut s'y rendre.

Louise écoutait, réfléchissait, tapotait sur sa cigarette.

— Je vois ce que tu veux dire, mais pourquoi as-tu besoin de le dire dans ces termes ? Les psys savent ces trucs-là, il n'y a pas besoin d'aller chercher des explications plus ou moins irrationnelles.

— Mais je ne cherche pas d'explication irrationnelle. Je décris un fait. Ça s'appelle la présence des morts.

Retour à la chambre d'Immola. Elle montrait le père, il était là, « il venait d'entrer », le moment ancien de la petite enfance venait se poser sur le moment présent, et Nicolas n'avait rien deviné, il la déshabillait, ils s'étaient laissés aller sur le lit, et il ne comprenait pas, il ne pouvait pas comprendre qu'à cet instant il prenait la place du mort, et que le mort ne l'accepterait pas, ne l'avait jamais accepté.

« Mon père me manque », avait-elle murmuré un autre soir, à quelque temps de là, arrivant chez Nicolas légèrement pétée ; cette fille ne pouvait décidément pas se mettre au lit sans parler de son père. Son ventre était la place du mort, en quelque sorte. La place du mort. Son ventre. La place du mort était son ventre. C'était sa place, à lui, le mort. Son ventre. Et quiconque y accédait ne pouvait qu'être mort. Un mort.

Logique. Condamné à mort. Surtout s'il se permettait de la faire jouir, et elle jouissait, elle criait bien, Nicolas aimait ça, les hommes aiment ça.

Et plus sûrement mort encore, celui qui aurait eu la prétention de faire surgir là un vivant.

— Voilà, tu comprends, c'est ainsi que j'arrive à son nom secret, à son visage secret. Immola. L'immolation au Père. Je ne pouvais pas deviner cela sur le moment. C'est seulement plus tard que les pièces se sont rassemblées, par hasard, peu à peu, comme dans les romans policiers, révélant progressivement le tableau. Par exemple l'histoire de la robe.

— C'est quoi, l'histoire de la robe ?

— Attends... Je vais rechercher du vin...

Il s'éloignait, revenait dans la chambre et remplissait les verres, songeur.

— L'histoire de la robe est à peine racontable. Quoique très vite racontée, d'ailleurs, mais comment dire, c'est presque décourageant, accablant, les bras vous en tombent... On a de la peine pour elle. Quelques années plus tôt, son père, je t'ai dit qu'il était dans les fringues, la couture, lui avait confectionné une robe de soirée, une robe de fête. Une robe, d'après la description qu'elle en faisait, outrancièrement décolletée et fendue de partout, le truc hypersexy, carrément indécent. Et elle disait l'avoir portée « pour lui », c'était son mot, « je l'ai portée pour lui ». Et quand il est mort, le lendemain de l'enterrement ou quelque chose comme ça, elle était dans sa famille, elle a porté de nouveau la robe « pour lui ». Robe de désir et d'oblation, robe de sacrifice, robe couleur du temps qu'invisiblement elle portait encore.

— Ouais... Là, évidemment, ça devient clair.

— C'est le pot aux roses. Avec Immola, on allait de pot aux roses en pot aux roses. Un pot aux roses en cachait un autre, contenant encore plus de roses, encore plus roses.

*

Il faut s'attarder ici sur la façon dont on bâtit une hypothèse. L'hypothèse n'est pas la réalité, c'est une proposition de récit, qui tient compte des éléments épars fournis par la réalité. On s'accorde à penser (mais c'est encore une hypothèse) que plus l'hypothèse permet d'intégrer d'éléments épars fournis par la réalité, plus elle est solide (on suppose que la réalité comporte une logique).

Tel était le travail auquel, rétrospectivement, s'était livré Nicolas.

Si l'on choisissait l'hypothèse fournie par Immola elle-même, dès le premier jour, dans sa chambre, et si on la mettait en relation avec l'anecdote de la robe, on s'apercevait vite que d'autres éléments épars se mettaient à entrer dans une logique, comme un éparpillement de clous rejoignant le giron de l'aimant.

Parmi ces éléments, il y avait un grand nombre d'hommes rejetés, le seul à avoir duré un certain temps étant précisément celui qui se refusait à être vraiment là ; et puis il y avait l'étrange comportement de la mère, qui, au dire d'Immola, avait souvent manifesté contre elle une surprenante agressivité, allant jusqu'à la traiter explicitement d'allumeuse et de putain.

— Tout ce que je te dis là, c'est elle qui le disait. Je n'ai pas été le témoin direct. Elle racontait tout... Elle n'y comprenait rien, je crois, mais elle racontait tout.

— C'était peut-être parce qu'elle n'y comprenait rien, qu'elle pouvait le raconter...

— Peut-être. Dans les rencontres amoureuses, en définitive, les gens vous donnent le mode d'emploi ; on s'aperçoit toujours, après, que tout avait été dit dès le début, et assez vite. Mais en passant. Pas forcément identifié. Elle me parlait de son père, et très souvent, aussi, de son premier fiancé, celui de ses dix-sept ans, ce fiancé qu'elle avait dû quitter jadis, en pleurant, parce que rien ne se passait, rien ne pouvait se passer, rien du tout. Et pourquoi ? La mère, à cette époque, l'avait accusée de s'en servir comme fiancé officiel, cependant qu'elle s'envoyait n'importe qui. Pourquoi tenait-elle tant à établir que sa fille était une roulure ?

Plus tard, il y en avait eu un autre, et qui, lui, l'avait fait jouir, et l'avait payé cher ; largué sec du jour au lendemain, pendant des mois il avait envoyé des lettres désespérées, paraît-il, à la fin elles partaient direct à la poubelle, oui mon vieux, si comme à travers un songe tu entends ce récit, sache que tes lettres partaient pour la poubelle sans être ouvertes, et tu n'imagines pas avec quelle lueur d'égarement dans les yeux, pour ne pas dire d'épouvante, elle racontait cette histoire et d'autres, toujours la même affaire : fallait que ça bande, fallait que ça pleure. Il y avait des hommes sur le fossé, les nouveaux venus les croisaient sans le savoir en arrivant, comme sur la Via Sacra de Verdun.

Elle l'avouait, d'ailleurs. Elle avait toujours préféré les hommes impossibles, ceux qu'une autre vie retenait.

— Je crois même que c'était un critère. Elle ne voulait être à personne. Elle se réservait, en quelque sorte, elle se réservait éternellement. Je l'ai compris en songeant à mon prédécesseur… Il avait duré longtemps, celui-là. D'abord parce qu'il avait eu l'inconsciente, l'involontaire, la misérable ruse de ne pas bander trop souvent ni trop fort, du moins c'est ce qu'elle en disait. Avec lui, elle ne se sentait pas trop prise. Et l'étonnant n'était pas qu'il se soit abstenu de larguer sa légitime pour elle, que quelque matoiserie infâme, la faible complexion morale des êtres qui ne sont pas faits pour le danger l'aient averti de ne pas se lancer trop intrépidement dans l'aventure; l'étonnant était que cette femme convoitée, *a priori* intéressante et tout à fait en position de lever les hommes qu'elle voulait, de choisir celui qui vivrait près d'elle et l'engrosserait, se soit ainsi résignée à n'être, des années durant, que la maîtresse planquée d'un aussi médiocre imbécile.

Encore une fois je me base sur ce qu'elle disait elle-même… Elle parlait beaucoup de lui. Un soir qu'il avait encore pleuraillé au téléphone, il ne supportait pas qu'elle ait tout de même fini par essayer de le larguer, elle s'était décidée à aller le récupérer. Elle était à poil, on avait baisé, et lui il avait bu, il était complètement égaré, il pleurnichait tellement qu'elle avait en vitesse enfilé un string, un jean, un t-shirt, et elle était partie le récupérer sur le boulevard voisin. Elle était revenue au bout de dix minutes : « Je l'ai craché devant chez lui. » Et elle s'était remise à poil pour continuer à baiser…

Faisons le total, supposons que la réalité présente une logique. Est-ce que tant de paradoxes ne s'expliquaient pas, en définitive, par l'ombre du Père interdisant tout autre homme ? Dans cette perspective on comprenait la vie d'Immola, allant d'homme en homme et les sacrifiant tous, impitoyablement. Vouloir être vraiment auprès d'elle, c'était signer son propre arrêt de mort.

J'en étais là de mes déductions lorsqu'un autre élément m'est revenu en mémoire. Un autre élément que je tenais d'elle.

Ce Père adoré, adulé, vénéré, des années durant, quand elle était enfant, avait régulièrement rejoint une autre femme, avec l'acquiescement tacite de la Mère, résignée à ce qu'il obtînt d'une maîtresse ce qu'elle ne souhaitait plus lui donner. Bien sûr, à l'époque, la petite Immola n'était pas censée le savoir. Elle l'avait appris par la suite. Et l'on sait bien que les enfants devinent tout… Vingt ans, trente ans après, en acceptant d'être la maîtresse cachée d'un homme marié et père de famille, n'avait-elle pas sauté sur l'occasion d'avoir ce privilège, d'être à son tour cela : la femme inconnue que le Père va rejoindre ?

Celui-là, donc, n'avait réussi à subsister là qu'en n'y étant pas tout à fait ; en ne se posant pas face au Père comme un rival crédible. Elle ne le tuerait donc pas. Mais il fallait quand même qu'il souffrît, qu'il payât de n'avoir jamais su la forcer à sortir du Cercle sacré. Il avait fallu qu'il connût les nuits passées à geindre, bourré, en bas sur l'avenue, non loin, et à faire sonner le portable, tandis que là-haut, au cinquième étage, derrière les plantes vertes de la fenêtre, nue et bien ouverte, elle fomentait à grands cris l'assassinat du suivant.

Les hommes rejetés, l'histoire de la robe, le rôle de la maîtresse planquée. Est-ce que tu comprends maintenant ce que pouvait signifier l'accusation de la mère ? Ce n'était pas de séduire *des hommes* qu'elle reprochait à sa fille… La mère avait compris le lien secret que toute la vie d'Immola, des années plus tard, n'avait pas réussi à dénouer…

Et la guerre de 14, alors ? Étaient-ils en secret, fantastiquement, tous ces jeunes hommes, eux aussi immolés au Père, au Père mort mais éternellement présent qui veillait dans sa chambre, près du lit, désigné depuis le coin supérieur droit de la glace par la petite fille qu'elle avait été ?

*

« Enfin bref, grommelait à Villefleurs François Rubien, en étalant sur son pain de dix heures une truellée de rillettes ; elles sont toutes plus libérées les unes que les autres, et en fin de compte, elles sont comme des chiens perdus. »

Ce n'était pas à Immola qu'il appliquait cette sagesse bougonne, il ne savait rien d'Immola, mais à l'héroïne du film *La Nouvelle Ève*, qu'il avait vu les jours précédents, sur une cassette vidéo apportée par une de ses filles. Il avait parlé du film à Nicolas, qui le connaissait. « Oh, on peut pas dire, elle est plaisante, la petite, mais justement, elle fait pitié. »

Rubien père, avec la tranquillité d'esprit de ceux qui n'ont plus rien à perdre, émettait volontiers des jugements aussi nuancés et compréhensifs qu'un coup de marteau de forgeron sur son enclume, et, quand il s'agissait des femmes, les verdicts d'une philosophie hussarde qu'il n'avait jamais pratiquée avec la sienne. « Celui qui préfère sa femme à son cheval est un homme mort. » Ou, plus brutal : « Jamais se laisser chier dans les bottes par une louise ; jamais ! Si tu les laisses faire, elles t'en veulent. »

Nicolas s'amusait de ce machisme en toc, bien placé pour savoir ce qu'il en était réellement de son père. Mais enfin l'image du chien perdu n'était pas mal.

— Immola m'a beaucoup donné à réfléchir sur ce que nous sommes, disait-il à Louise. Cinquante ans plus tôt, elle se serait mariée, elle aurait pondu deux ou trois moutards et personne, ni elle-même, ne se serait préoccupé de ses états d'âme. Je ne dis pas qu'elle aurait été plus heureuse. Elle ne l'aurait pas été moins... Pour moi, elle ressemble à l'individu contemporain libéré. Ses errements, son autonomie jalouse et inutile, son refus épouvanté de tout engagement (car tout engagement dessine votre vie, la termine, la limite), la précellence accordée au particularisme intérieur, ces exigences ou susceptibilités qu'un individu retire de son passé, des accidents qui l'ont marqué, des inconvénients de sa nature et de son destin… Tout en elle semblait modelé par les mœurs modernes, et c'était d'autant plus frappant que ses opinions allaient en sens inverse. Ainsi la vogue des « psys » lui faisait-elle hausser les épaules, mais elle cultivait avec amour la plante en pot de son obsession du père, et utilisait les sentiments des autres avec un égoïsme mitoyen de l'inconscience. Immola, c'est un des résultats que peut produire la fin de la résignation (et peut-être son regret) ; c'est ce qui peut arriver quand les individus refusent l'objectif de prendre simplement leur place dans le système familial et patriarcal, ou quand celui-ci n'est plus assez puissant pour les y contraindre. Alors ils n'avalent plus, ne se taisent plus ; leur tumulte intérieur fait la loi dans leur vie, c'est-à-dire qu'il y sème le désordre. Tout ce qui passe à proximité en fait les frais. Immola, aussi libre qu'une boule de flipper… Elle m'avait raconté aussi avoir parfois, seule en voiture, foncé n'importe comment sur des routes à virages, doublé au hasard, prenant tous les risques ; elle était, c'est cela, une boule de flipper, qui fuse, heurte, repart sans voir ni savoir ce qu'elle touche, et crie chaque fois, de terreur comme de jouissance. Immola : une grenade dégoupillée qui roule, une mine antipersonnel à répétition, déchirant les mains qui la saisissent, vouée à la fatalité simple d'infliger un maximum de dégâts.

Mais est-ce que nous sommes capables, les uns, les autres, de faire autre chose que des dégâts ?

Pauvre Immola. Pitié. Pitié, au bout du compte. N'aviez-vous donc, n'auriez-vous donc pas pitié d'elle, Sainte Vierge, et vous Jésus, d'elle qui vous priait avec tant de ferveur de la sortir de là, à mesure qu'elle voyait le temps s'avancer sur elle ?

— Elle était vraiment croyante ?

— Dur comme fer ! Et c'est quand même terrible de penser qu'ils choisissent parfois de ne rien faire, là-haut, quand ils voient la créature sombrer sous leurs yeux... On se demande...

Que deviendrait-elle ? Ses trente-huit ans l'emmenaient à grande vitesse vers le moment où il n'y aurait plus jamais d'enfant ; où ce corps qu'elle savait désirable et qu'elle manifestait, proférait avec tant de science, car elle voulait être désirée, elle ne voulait même que ça, lui ferait peu à peu défaut, malgré les onguents et les crèmes dont elle usait avec tant d'application dans un combat perdu d'avance ; où la chair exquise des joues, du menton et du cou s'amollirait irrépressiblement, où les plis paraîtraient quoi qu'elle fît, où les tourments secrets, les désirs contrariés, marqueraient le visage en même temps que les mojitos et les cigarettes, où les nuits d'insomnie se liraient au matin sous les yeux flétris... Alors, Immola, dans ce désastre, dans ce lent désastre, dans cette longue, très longue descente vers la dislocation et la cendre, dans cette absurdité cruelle de sécher sans avoir mûri, dans le torturant souvenir et le dégoût des pauvres et momentanés triomphes de votre jeunesse, de votre éclat, relégués dans l'ombre et la poussière comme des couronnes de fleurs fanées, faudrait-il prier pour vous Jésus et la Madone, et reverriez-vous quelquefois le fantôme de celui à qui vous avez si peu donné, et de qui vous n'avez rien su recevoir ?

*

— Il y a une autre question qui subsiste, concluait-il. Comment se fait-il qu'un homme intéressant et valable comme moi ait pu se laisser démolir le portrait par ce que tu appelles fort judicieusement « un engin pareil » ?

— En effet, tu peux dire que c'est une bonne question. Est-ce qu'au moins elle faisait bien l'amour ?

Il parut interloqué, fit une moue, sembla réfléchir.

— Bof...

VI

ÉLÉMENTS D'UNE HISTOIRE EUROPÉENNE

(Propos enregistrés par le penseur de l'option Paradis au cours de l'année 2000, et devant servir à la préparation d'une synthèse historique. Nous les présentons sous la forme fragmentaire de cette dictée.)

L'hypothèse de l'option Paradis

L'hypothèse de l'option Paradis m'est apparue en 1995. J'avais eu l'occasion de faire quelques conférences sur l'*Enfer* de Dante devant des étudiants américains, dans le cadre d'un séminaire d'été. J'exagérerai à peine en disant que je me suis fait siffler dès la deuxième heure... On entendait l'indignation... Je me suis demandé s'ils n'allaient pas déposer plainte. Ils disaient que toutes ces condamnations étaient injustes, odieuses, et qu'un poète de cette sorte n'avait rien à dire de valable aux hommes de notre temps. Dante se rendait *complice de la torture*, je vous jure qu'ils ont dit cela !

Quel giorno più non vi leggemo avante : ce jour-là nous ne lûmes pas plus avant…

Cet épisode m'a beaucoup impressionné. J'avais déjà parlé de Dante à des étudiants modernes qui, en bons enfants de Karl Marx et de Coca-Cola, vomissaient tout l'héritage judéo-chrétien, la notion de péché, etc. ; or pas un n'avait encore songé à m'opposer un tel raisonnement. Ils restaient dans l'idée que la question n'était pas là, qu'il était tout de même profitable et nécessaire de lire et d'étudier Dante, de le replacer dans son époque, d'apprécier sa création.

Ne sachant plus trop que faire, j'ai demandé à mes élèves américains d'imaginer un enfer à leur tour, et de décider qui ils y enverraient. Beaucoup s'y sont refusés et ne sont pas revenus à mon cours. Ceux qui ont tenté l'exercice n'ont envoyé en enfer que les nazis ; et ils se sont mis d'accord pour que le châtiment de ceux-ci consistât à *entendre les plaintes de leurs victimes.*

Je leur ai dit que je les trouvais bien doux et bien indulgents, que personnellement j'eusse imposé à ces monstres une peine plus sévère, quelque chose d'analogue à ce qu'ils avaient fait endurer aux gens qu'ils enfermaient dans les camps. Ils m'ont regardé avec une espèce de méfiance, sans trop oser me contredire…

C'était délicat, n'est-ce pas? On ne pouvait quand même pas me reprocher d'être trop sévère envers les nazis... Mais ils me trouvaient bizarre.

Toujours est-il que seuls les nazis pouvaient à la rigueur mériter l'enfer, et encore : c'était bien pour me faire plaisir.

Je dois beaucoup à ces jeunes gens, en tout cas, puisque ce jour-là j'ai compris ce qui se passait, quel était le centre caché de nombreuses remarques que j'avais déjà faites sans pouvoir leur donner une cohérence. J'ai compris que nous avions vraiment changé de monde.

La fin de Satan

L'Europe du XXe siècle a rencontré Satan, elle a cru en lui, elle l'a combattu, et ce combat s'est provisoirement achevé le 30 avril 1945, date du suicide de Hitler.

Victor Hugo avait imaginé un scénario, comme qui dirait un processus de paix, à l'issue duquel Satan serait *in fine* sauvé, racheté, réhabilité. Tout cela, c'était bien joli, mais Victor Hugo n'avait pas connu Hitler et, face à Hitler, à la réalité de Hitler, les élucubrations du voyant de Guernesey, pour magnanimes qu'elles fussent, ne pouvaient plus convenir.

Bref. Le 30 avril 1945, Satan, inondé de

pétrole, est dévoré par les flammes de l'enfer, léguant cependant à l'Europe la hantise de son retour.

Car au plus fort de l'option Paradis, on ne cesse de soupçonner une pérennité diabolique. Cette époque vous rit au nez si vous parlez de lui, et moi, je vous le dis, elle y croit !

Il y a une autre date intéressante à évoquer ici.

Dans la nuit du 31 octobre 1961, la dépouille mortelle de Staline fut retirée du mausolée où elle reposait, momifiée, en compagnie de celle de Lénine, pour être enterrée à quelques pas de là, sous les murailles du Kremlin. À propos de cet épisode, le poète Evtouchenko a écrit ce qui suit : *Le cercueil avançait lentement, accrochant les baïonnettes de la garde. Il était silencieux lui aussi, mais terrible, serrant ses poings embaumés. Un homme était là, qui feignait d'être mort. Il médite ses projets. Il attend le moment. Et je demande à mon gouvernement : Doublez, triplez la garde devant cette dalle, pour que Staline ne se relève pas...* L'historien Roy Medvedev, qui cite ces lignes, nous apprend qu'un camion chargé de béton liquide fut secrètement acheminé là, et que son contenu fut déversé dans la fosse, par-dessus la momie du tyran.

Cette scène est fascinante. C'est la véritable scène historique, bien davantage que la lecture par Khrouchtchev du fameux rapport sur les abus et les crimes staliniens. Cette scène et ces propos répondent, à deux mille ans de distance, à ce qui s'est passé autour du tombeau du Christ. Là aussi, il s'agit d'assurer la garde, parce que l'on redoute quelque chose, on ne sait pas exactement quoi : une non-mort, une persistance, une *revenance*, si ce néologisme est permis.

Or, vous le savez, ce qui fait peur se produit tôt ou tard. Ce que nous craignons le plus, nous le prophétisons, sans doute même le désirons-nous... Jésus reparaît, parce que c'était exactement ce que les prêtres du Temple sentaient arriver !

Satan, déchet toxique des millénaires, va revenir. Et c'est pourquoi il fait l'objet, dans la seconde moitié du XXe siècle, d'un acharnement funéraire qui est le grand rite conjuratoire constitutif du Paradis.

La théorie de « L'homme inchoatif »

L'épithète « inchoatif » s'applique à une action qui commence, à un processus qui s'engage.

Nous évoquerons sous l'appellation d'homme inchoatif le type d'individu présupposé ou mis en circulation par la proclamation du Paradis.

Le communisme comme le nazisme avaient tenté une anthropogenèse. Dès les années cinquante, la société libérale s'y met également, avec des points de départ beaucoup plus sûrs.

Ce sont les grandes années, ces années cinquante. La décennie prodigieuse. Tout commence là, ou à peu près.

1953 : découverte de l'ADN.

Environ 1955 : mise au point de la pilule anticonceptionnelle.

Déjà, en 1952, une Anglaise de quarante ans, le Dr Forbes Sempill, avait déclaré être devenue un homme. Sexuellement inachevée à la naissance, expliquait-elle, elle avait été élevée comme une fille, pour la seule et unique raison que sa mère désirait une fille. Elle ne l'entendait pas ainsi. Elle considérait que tout être est bisexué à l'état embryonnaire et conserve en lui un être de l'autre sexe. Elle estimait légitime de pouvoir choisir.

Le Dr Forbes Sempill est ce que j'appellerai *la première poule qui chante.* Il y a toujours, dans les affaires humaines, une première poule qui chante. Moins de cinquante ans plus tard, la transsexualité est quasiment considérée comme un droit de l'homme.

À travers ces étapes se fait jour la possibilité, le rêve de l'homme inchoatif, celui qui détient ses propres clefs, énonce sa propre définition, entend se soustraire aux conditionnements naturels ou hérités, se place d'emblée dans le recommencement et conçoit sa propre origine. (On m'opposera que l'ADN peut symboliser un déterminisme assurément, mais sa découverte ouvre précisément la voie à l'intervention.)

Il n'y a peut-être pas un seul autre domaine où prenne un appui aussi sûr le découpage du temps entre « avant » et « maintenant ». L'affirmation, explicite ou non, de l'homme inchoatif, c'est : *avant*, on était soumis à la fatalité ; *maintenant*, on aura le choix.

L'analyse freudienne, qui devient au cours de ce demi-siècle une pratique largement répandue, serait également à rattacher au mythe de l'homme inchoatif. (À creuser.)

On peut glaner ici et là d'autres tentatives d'incarnation du mythe de l'homme inchoatif. 1973 : du côté du site mystérieux de Rondeau-les-Tombes, en Bourgogne, où l'on a découvert des douzaines de sarcophages d'origine inconnue, un jeune employé de la Poste rencontre les extraterrestres.

Il entreprend dès lors d'expliquer à qui veut l'entendre que ces derniers, qu'il appelle les Elohim, sont les créateurs de l'espèce humaine. Il décrypte toute la Bible à la lumière de cette hypothèse, et annonce que, mécontents de leur ouvrage, ils ont décidé de recommencer à nouveaux frais.

Bien entendu, ses propos ne soulèvent rien d'autre que la plus franche hilarité — ce qui n'empêche pas que ses conférences font salle comble.

Trente ans plus tard, ce garçon est le maître d'une Église qui rassemble deux cent mille personnes dans vingt pays, dispose d'un budget de plusieurs millions de dollars et milite en faveur du clonage humain, conçu comme une entreprise religieuse de régénération morale et spirituelle.

Un autre signe de l'avènement de l'homme inchoatif est la place tout à fait nouvelle accordée à la jeunesse.

1955 encore : on tourne *Rebels without a cause*, qui va rendre célèbre le personnage de James Dean. C'est en fait un film moralisateur, conçu et voulu par des producteurs et un réalisateur plutôt traditionalistes, qui recommandent aux parents américains de mieux s'occuper de leurs enfants. Le « rebelle » James Dean apparaît du début à la fin comme un adolescent immature et qui pleurniche. Or ce film va être reçu et compris au rebours de ce qu'il démontre assez pesamment, et devenir l'œuvre emblème du désir et de la révolte juvéniles. Tout le film est fait pour démontrer que la rébellion adolescente est une impasse ; ses millions de spectateurs en concluront que la rébellion adolescente est une ouverture lyrique à l'avenir.

Irrépressiblement, la jeunesse devient un sujet. C'est le temps où se développe à grande vitesse le « marché » qu'elle constitue, et que l'industrie inonde de tourne-disques, de transistors, de chansons, de magazines, de vêtements, de motocyclettes.

L'homme se recommencera bientôt tout nu, édénique, avec des fleurs dans les cheveux.

La grande trouvaille de Vatican II

1958 : le pape Jean XXIII annonce la tenue prochaine du concile, dont l'idée lui est venue, dit-il, « par une soudaine inspiration de Dieu ».

Une révolution idéologique et morale totalement imprévue va sortir de là.

Un an plus tôt (mai 1957), la signature du traité de Rome a donné le départ de l'unification de l'Europe. Chacun sait que le traité n'est pas signé par hasard à Rome — et que la communauté naissante ne prend pas par hasard pour emblème la couronne de Fatima. Vingt ans plus tard, un autre pape contribuera décisivement à modifier le visage de l'Europe. L'Europe (comme elle le fut au Moyen Âge) est un complot chrétien (même si l'on peut estimer que les chrétiens ont été coiffés au poteau; c'est une autre histoire).

C'est dans ce contexte de progressisme actif

que l'Église de Rome va lancer un mouvement dont l'onde de choc ira bien au-delà de ses problèmes internes.

Le concile Vatican II est en fait le moment historique où pour la première fois est mis en œuvre (sans le nommer) le concept de correction politique.

La correction politique est à définir comme le rejet volontaire, en tout domaine, de toute pratique ou référence hiérarchisante, discriminante ou séparante. Or c'est exactement le principe qui anime les principales réformes de Vatican II : renonciation à la chaire pour le sermon, à la soutane, à la séparation des hommes et des femmes pendant les cérémonies ; promotion de l'œcuménisme, du dialogue interreligieux, des Églises non européennes.

(Il faudrait étudier à part l'abandon du latin d'église, que l'on peut relier à la thématique de l'avant-maintenant, au temps autorésorbant. C'est l'abandon de la temporalité longue dans le langage.)

Les univers-bulles

1955 toujours. L'année centrale de la décennie fabuleuse. Le mois central de cette année centrale. Et le milieu de ce mois, ou à peu près.

Le 17 juin. Ouverture en Californie du premier parc Disneyland.

Disneyland innove par rapport à tout ce qui l'a précédé en matière de fêtes foraines, « attractions » et autres Luna Parks. Cette innovation tient à la clôture. Le visiteur franchit le seuil d'un monde à part, débarrassé des contradictions, des impuretés, des scories du réel, entièrement pittoresque, idyllique, amusant. Cet univers est en même temps fictif ; il reproduit les décors et les ambiances du cinéma ; mais tandis que le spectateur du film demeurait immobile et extérieur, le promeneur de Disneyland circule au sein même de la fiction, dont il devient en quelque sorte un figurant. Il en est environné, enveloppé.

Clôture, immersion, idylle dans un monde recomposé : ainsi se trouvent réunies les trois caractéristiques de ce qu'on pourrait appeler un univers-bulle. Un concept que l'on va retrouver à l'œuvre dans toute l'industrie des loisirs : zoos, écomusées, aquariums, aqualands, villages de vacances, stations de ski et même eros centers.

Ça se voit moins, mais je pense que le même concept est au travail dans le théâtre participatif des années soixante, ou encore le principe des « installations » artistiques.

On le retrouve dans l'architecture et l'urbanisme. 1947-1952 : édification de la Cité radieuse à Marseille. Fin des années cinquante : naissance des villes nouvelles.

Or, en 1953, Ray Bradbury a publié son roman *Fahrenheit 451*, qui montre ce que serait une société tout entière transformée en bulle. Dans la ville où Montag exerce son métier de pompier, nul n'est plus occupé à autre chose qu'à la consommation de programmes de télévision, de musique, de bandes dessinées, de sports, de loisirs incessants. L'Amérique vient d'entrer en guerre ; nul ne veut savoir contre qui ni pourquoi. On laisse ce soin à un président élu parce qu'il avait l'air sympathique. « Les gens ne parlent de rien. Ils citent des marques de voitures, de vêtements, des adresses de piscines surtout, et ils disent : C'est drôlement chic ! Mais ils disent tous les mêmes choses et personne n'est jamais d'un avis différent. » Dans les rues, des gamins foncent à tombeau ouvert au volant de voitures ultrarapides ; peu leur importe de tuer, puisqu'il n'y a plus de réel. Le réel, ses contradictions et ses troubles : c'est précisément pour oublier jusqu'à son souvenir que l'on a proscrit les livres.

L'invention la plus étonnante de Bradbury est celle des murs télévisuels dont on peut équiper son salon. L'épouse de Montag, qui a tenté de se suicider au premier chapitre et ne s'en souvient pas (nous ne sommes pas loin du temps autorésorbant !), passe des heures devant ses murs, où apparaissent des personnages qu'elle appelle « la famille » ; un système d'incrustation sonore fait qu'ils s'adressent à elle en l'appelant par son nom. Elle réclame instamment à son mari qu'il fasse installer le quatrième mur. Nous voilà ramenés au désir, sous sa forme la plus simple, de se claquemurer dans la fiction, désir que nous voyons poindre sous nos yeux avec les jeux vidéo interactifs, le karaoké.

C'est d'ailleurs un peu plus tard, dans les années soixante, que le concept de living- room s'étend massivement dans les populations. Le centre du foyer n'est plus la table familiale, mais le salon, avec le canapé et les fauteuils, placés face à l'interlocuteur unique qu'est la télévision. La télévision, ou l'éventration par l'espace public de la cellule privée que constitue la famille.

Le déportement

À la conjonction de l'homme inchoatif et des univers-bulles, je pense qu'il faudrait analyser le phénomène que j'appelle déportement.

Il y a en Europe cinq types d'habitats ou d'espaces humains, qui continuent de coexister, mais sont néanmoins placés dans une évolution chronologique :

1) l'espace rural (habitat disséminé)

2) la province (villages, petites villes)
3) les villes classiques
4) la banlieue
5) le nouvel espace mondial déterritorialisé.

Les deux derniers sont principalement la création du XXe siècle.

L'option Paradis tend au déportement massif des populations vers l'habitat n° 4. Le tiers supérieur accède dans une mesure variable à l'espace n° 5.

Nous aurons à faire l'histoire de ce grand phénomène historique innommé, quoique très visible, et ayant exigé la mise en œuvre de moyens industriels et techniques gigantesques.

Vous observerez qu'à chacun de ces espaces correspond un langage : les patois, les langues locales et les accents (1 et 2), les langues nationales (3), la langue dérivante des banlieues (4), le plurilinguisme des classes évoluées (5).

Modes d'exposition

C'est encore un chapitre à inaugurer, un concept inaperçu.

Ce que j'entends par là : pas de société qui n'édicte ses modes d'exposition de l'individu, la façon dont il livre une part de son intériorité à la gestion collective.

Les zones d'ombre toujours suspectes. La notion de vie privée n'est qu'une autolimitation qui pourrait tout à fait prendre fin. Toute société vise à être holiste.

Il en résulte un combat permanent entre l'individu, certains individus au moins, qui dissimulent une part d'eux-mêmes (leurs vices, leur mépris) et la collectivité qui s'efforce d'en prendre le contrôle. *La maîtrise de l'exposition est la grande affaire.*

L'exposition dans la société chrétienne : le confessionnal, la participation aux rites, les processions. (Au confessionnal, on expose moins des péchés que des désirs. L'individu s'offre certes au jugement et à la sanction ; mais surtout il informe, il remplit un questionnaire.)

Modes d'exposition de la société paradisiaque :

— la psychanalyse ;

— les sondages d'opinion, les statistiques de comportement, tout le sociologisme ;

— plus récemment les émissions de confession télévisée (le mieux que l'on pourrait faire serait de rendre la télévision aveugle, en lui refusant tout. Mais on n'en prend pas le chemin. Au contraire, tout le monde va au-devant) ;

— le discours sur la sexualité (accessoirement la pornographie), gigantesque machine de déballage (rapport Kinsey : 1948 et 1953) ;

— la publicité. Montrer des objets désirables n'est qu'un des deux objectifs. L'autre objectif, non moins essentiel, est d'exposer des êtres souriants, satisfaits par le monde.

La plage, emblème de l'option Paradis. Un individu-masse s'expose à peu près nu, totalement dépourvu d'occupation, dans un endroit où il n'y a strictement rien — et il est content.

À terme, dans l'option Paradis, tout est exposé. La prophétie de Patmos se réalise *hic et nunc.*

C'est sans doute pour cela que l'individu n'est déjà plus censé recourir au langage articulé. Il n'en aura plus besoin.

Aux marges du Paradis

Reste tout ce qui ne va pas, ne fonctionne pas. J'ai déjà parlé de Satan. Deux autres points doivent être soulignés.

Primo. Il y a un refoulé de l'option Paradis ; des aspects qu'elle veut taire. Ainsi, la refondation de l'homme était au cœur du projet communiste et du projet nazi, c'est-à-dire des projets totalitaires. L'option Paradis ne veut pas se donner pour le troisième projet comparable. Pourtant elle l'est.

Elle ne veut pas le dire.

Elle ne supporte pas que ce soit dit.

Parce qu'elle ne le fait pas exprès.

Secundo. Le paradis est un lieu de crimes. L'option Paradis exerce, sur ses marges, une violence continuelle contre les classes et les populations exclues, contre les traditions héritées, contre le patrimoine écologique. Il n'est pas jusqu'aux phénomènes climatiques dont l'homme paradisiaque ne se soupçonne plus ou moins d'être responsable. L'option Paradis s'accompagne d'une effroyable culpabilité. Donc, d'une dénégation.

D'une dénégation, mais aussi, corrélativement, d'une hystérie. Son maintien, ou si l'on veut le maintien de sa crédibilité, suppose une propagande continuelle et omniprésente, dans les rues, à la télévision, partout où l'on peut atteindre les personnes.

L'insistance commerciale grandit. Le recours aux accessoires paradisiaques est peu à peu rendu indispensable à moins que l'individu n'accepte d'être marginalisé.

L'option Paradis passe par un nombre croissant d'obligations et d'interdictions. On recommande la marche à pied, le tri des ordures, l'abstinence en matière de tabac et d'alcool. Plus un seul domaine de la vie ordinaire qui ne soit assujetti à un nombre croissant de règlements.

Le paradis est *gardienné*. Je propose un chapitre intitulé : histoire de la sécurisation. 1990 et années suivantes : dans les villes, l'usage du « digicode » (et même du double digicode) s'instaure pour chaque immeuble. Les voitures ont des alarmes. Les espaces publics sont filmés. La quasi-totalité des églises rurales doivent être fermées à clef.

Il est profitable d'investir en Bourse dans les entreprises de sécurité.

Les mots vigilance, veille, surveillance, observatoire, protection, sécuriser, infalsifiable, précaution, connaissent une fréquence lexicale inouïe. *Empreinte* et *traçabilité* sont les derniers en date.

(...)

VII

LES DERNIÈRES ANNÉES DE GABRIELLE MAUDON

Dans la première moitié des années soixante, Gabrielle Maudon commença à se faire du souci pour son église, pour l'église de Vernery.

En particulier, elle supporta très mal quelques innovations qui eurent lieu à cette époque. L'une consista à délaisser le maître-autel au profit d'une table placée plus en avant, toute simple, et fort laide, derrière laquelle le célébrant, désormais, faisait face aux paroissiens ; l'autre, à abandonner la chaire où elle avait vu, au long de sa vie, trois curés successifs monter pour le sermon. (Les marches craquaient sous leurs pieds ; et l'on craignait toujours que le lourd couronnement orné surmontant l'édicule n'allât s'abattre comme un couvercle...) La rumeur courait également que l'on renouvellerait les chaises et les bancs de toute l'église ; et il était probable que les bancs de famille, ceux qui fermaient, et pour la disposition desquels on payait son écot, seraient définitivement supprimés.

Tout cela correspondit à peu près au départ du vénérable curé Bordessoule, lequel, à soixante-dix-huit ans, allait savourer une retraite méritée dans un couvent de religieuses de la Nièvre, et à l'arrivée de son successeur, l'abbé Noirac, petit homme gras et plein de bonnes intentions, envers qui Gabrielle éprouva d'emblée quelque chose qui était de l'ordre du mépris.

Elle devinait que c'était un moderne.

Il est malaisé de se figurer la crainte et le chagrin que lui inspirèrent ces changements. Ce qui l'avait toujours émue, elle, ce pour quoi elle avait toujours éprouvé un respect reconnaissant, ce en quoi elle avait perçu la férule de Dieu sur le monde, c'était le prêtre tournant le dos pour célébrer le saint mystère, c'était l'autorité du sermon s'abattant de haut sur la nef craintive, c'était la splendeur des mots suivis des yeux dans les enluminures du missel : *Misereatur vestri omnipotens Deus, et perducat vos ad vitam æternam*... Elle se sentait trahie par ce qu'elle avait toujours révéré le plus.

Elle soupçonnait avec douleur que son Église, que Rome, dans leur sublime empoignade avec le monde, étaient en train de céder. Dieu ne serait plus respecté comme le maître chez lui. (Car Dieu et son Église avaient de puissants ennemis : elle n'oubliait pas les terribles épisodes du début du siècle, l'horreur profanatoire des inventaires, ni, quelques années plus tôt, son oncle Eugène de La Ronzière démissionnant de l'armée pour n'avoir pas voulu participer à l'expulsion de bons pères bénédictins.) Elle n'en doutait guère, hélas : tout allait s'effacer peu à peu, les saints, les processions, les rituels, les ex-voto, les vitraux frappés de l'estampille « Don de Mme Unetelle ». Et dire qu'elle avait rêvé, elle aussi, un jour, de faire don d'un vitrail ! Mais qui voudrait encore de ce don ? On allait démanteler tout ce décor de rites et de pieuses coutumes que des siècles de catholicisme tridentin avaient dressé comme un théâtre entre les hommes et la médiocre réalité d'ici-bas, et le ciel vide au-dessus des labours... Il lui semblait que Vernery, privé de cet environnement riche et mystérieux, autoritaire et doux, allait sombrer dans un malheur morne. Elle en ressentait colère et chagrin.

Dans le temps même où se retirait le vieux curé Bordessoule, homme tout de vigueur et d'autorité, devenu avec les années un meuble ancien de Vernery-sur-Arre, la crise des vocations et le problème d'effectifs qui en résultait avaient amené Monseigneur l'Évêque à supprimer le vicariat dans la paroisse. Certes, on ne pouvait reprocher à une Église affaiblie de procéder à de telles restrictions. Mais cela signifiait que le temps présent, la société des hommes, refusaient désormais des prêtres à Dieu. Il n'y avait pas lieu de s'en étonner ; la France allait dans un certain sens, et Gabrielle Maudon se sentait entrer dans l'opposition. Une opposition triste. C'était son enfance, son univers originel, la première communion, les processions, le mariage, les enterrements, tout cela, qui se voyait relégué. C'étaient les morts qui étaient trahis. Et puis, il lui semblait que tout allait s'engouffrer dans la brèche. On ne croirait plus vraiment au Purgatoire, au Paradis, à l'Enfer. On ne croirait plus vraiment aux anges gardiens, ni à la Résurrection de Notre-Seigneur Jésus-Christ.

Ce Paul VI, qui venait de monter sur le trône de Pierre, semblait pourtant un *homme bien.* Alors ?

Elle, elle avait aimé les cantiques. Elle ne pouvait savoir que près de quarante ans plus tard, son petit-fils Nicolas s'en rappellerait quelques bribes avec une nostalgie étrange :

L'immense foule des hommes
Courbés sur le travail,
De la mine aux ateliers,
Des sillons jusqu'au moulin...

Ou encore :

Dans tes verts pâturages,
Tu m'as fait reposer ;
Et dans tes eaux limpides,
Tu m'as désaltéré.

Elle s'accrocha, en quelque sorte, à son chapelet de pierres noires à chaînons d'argent, à son missel relié de vieux cuir, avec le fermoir retenant entre les pages de papier bible un nombre incalculable d'images pieuses, souvenirs de communions, prière de SS Pie XII au Cœur immaculé de Marie, invocations à saint Joseph ou à sainte Marguerite-Marie Alacoque. Elle arbora avec plus de fermeté le chapeau à voilette. Elle se rendit systématiquement à vêpres, ce qu'elle n'avait pas toujours fait. S'il n'en restait qu'une, elle serait celle-là.

Elle était effarée en écoutant à la radio ces jeunes chanteurs qui « poussaient des cris de sauvages » (il s'agissait des Beatles). Elle s'indigna devant les minijupes. Les femmes n'avaient donc plus envie d'être dignes et respectées ? Elles se préparaient de terribles désillusions. Il n'y aurait plus moyen de tenir un homme. Les hommes, on savait ce qu'en valait l'aune, ça, du moins, ça ne changeait pas. Mais autrefois, les choses étaient claires : il y avait des femmes pour leurs bas appétits, et puis des femmes comme il faut.

C'était l'époque où la revoyait Nicolas — une image qui la résumait tout entière dans sa mémoire — revenant de l'église, ôtant les aiguilles qui tenaient son chapeau, s'exclamant « Dieu soit loué, la pluie s'est arrêtée juste avant la fin de la messe », parlant des personnes rencontrées « sur le cimetière », jugeant son prochain avec un petit mouvement du menton, sec et involontaire, qui lui était habituel.

À part « Dieu soit loué », il y avait une autre exclamation qu'elle affectionnait, réservée aux moments où (cela arrivait) elle se sentait d'humeur guillerette : « Seigneur, ayez pitié de nous, et jetez des pierres aux autres ! » Cela surgissait dans les moments de détente, d'abandon, si toutefois l'on pouvait dire que Gabrielle Maudon fût susceptible de se détendre. C'était du « second degré » ; néanmoins, Nicolas imaginait la phrase transformée en cantique, et chantée dans l'église par le chœur des fidèles où prédominaient des voix aiguës de femmes. Confusément, il se demandait qui était ce « nous » dans lequel elle se comptait si volontiers. La famille ? Les gens de Vernery ? Les chrétiens ? Il n'aimait guère ce « nous », en tout cas.

*

Elle avait toujours éprouvé, à l'endroit de ses gendres, des sentiments hostiles.

Du dégoût, envers Raymond Herdoin, dont elle présumait la sensualité grasse, et, comment dire, l'épaisseur. Son père, Joseph Herdoin, avait arboré cette même virilité impérieuse — mais avec quelque chose de noble et de sec qui imposait le respect. Elle associait Joseph Herdoin aux forêts, à l'odeur saine et vive de la résine, aux troncs magnifiques qu'elle avait vus, petite, arriver à Vernery flottant sur l'Arre ; tandis qu'elle assimilait Raymond à la branche campagnarde de la famille Herdoin : des pâturages, des fossés pleins d'eau, de la bouse, des cochons.

Elle l'associait aussi à sa mère, la grosse Élisa, « une pas-grand-chose ».

Un homme qui se curait les dents à la fin du repas ! (Elle ignorait que son petit-fils Nicolas en conserverait le souvenir avec la même réprobation horrifiée.)

Elle méprisait donc Raymond ; elle ne méprisait pas François Rubien, le Parisien, mais elle se méfiait de lui, de son esprit frondeur, de ses calembours stupides, de ce Belleville dont il parlait et où elle n'était jamais allée. Elle condamnait, et plaignait pour une part, sa fille Madeleine, qui évidemment n'avait pas eu de chance d'être « plaquée » par son premier fiancé. Mais était-ce une raison pour aller en chercher un à Paris ? Gabrielle soupçonnait là un mécanisme destructeur qui, venant compléter ce qui se passait à l'église, emporterait son monde. Leurs enfants grandiraient là-haut, alors qu'il aurait fallu rester là, peupler et proroger la société locale. Si les prochaines générations s'éloignaient de Vernery, qui s'occuperait des défunts ? Faudrait-il imaginer un jour des morts sans les visites au cimetière, les chrysanthèmes réglementaires, les gens que l'on rencontre au portail ? Elle n'avait jamais digéré que François refusât de venir installer ici son cabinet de vétérinaire ; et bien sûr, il ne fallait pas compter sur cette pauvre gourde de Madeleine pour l'y décider.

De telles pensées lui faisaient donner le coup de menton. Quoi qu'il en soit, hormis quelques occasions exceptionnelles, comme la communion de Nicolas, elle s'était abstenue de se rendre à Villefleurs.

*

Jeune, Gabrielle Maudon (autrement dit Gabrielle de La Ronzière, allas *Purjus de la Souche*) était une femme à laquelle on ne pouvait trouver aucun défaut (hormis peut-être un nez un peu fort), sans que pour autant on fût jamais tenté de la dire belle. Elle était bien faite, elle avait les yeux bruns, la peau blanche, la bouche élégamment dessinée — et elle n'exerçait pas d'attrait. Cela venait des os. Gabrielle Maudon avait de gros os. Une sculpture de Bourdelle ou de Mayol.

Joseph Herdoin était à son souvenir le seul homme qui lui eût jamais fait éprouver un certain frisson ; cela lui avait fait peur comme le péché, comme le diable. Elle sentait là quelque chose de désordonné, de sauvage. Dans le même temps, sa mère concoctait pour elle un mariage avec l'héritier des casseroles Maudon. Au moins celui-là elle l'avait compris aussitôt qu'il lui avait été présenté, grêle dans son faux col et la peau fine, ne l'entraînerait-il pas au-delà de sa volonté.

Joseph Herdoin aurait pu l'entraîner au-delà de sa volonté. Et cela ne devait pas être.

La volonté. Peut-être avait-ce été le premier et le dernier mot de sa vie. Gabrielle de La Ronzière ne pouvait guère admettre que quelque chose échappât à sa volonté. Elle seule connaissait le contentement qu'elle avait éprouvé de devenir, en 1959, Madame Veuve Maudon. Veuve ! Ce qualificatif sinistre, et sec comme un rameau flétri, lui avait semblé une consécration, un ornement sévère et auguste, un titre envié longtemps et qui vous accomplit, une *maigre immortalité noire et dorée*... Elle était entrée en veuvage comme un philologue entre à l'Institut, maîtresse désormais des biens de la famille, porteuse d'une majesté et d'une autorité théoriques, mais sans partage.

On ne pouvait guère être la femme d'Étienne Maudon. Son épouse, certes ; mais pas sa femme. Cet homme l'avait encombrée sans pour autant être un chef. Elle n'ignorait pas les fines plaisanteries qui avaient eu cours sur les queues des casseroles, et même certaines rumeurs suivant lesquelles Antoinette et Madeleine n'étaient pas les filles d'Étienne. Elle seule savait ce qu'il en était, et cela resterait son affaire.

Était-on mieux lotie avec un verrat, comme *cette pauvre Antoinette*?

Et puis ce veuvage la rendait aux siens — aux siens, c'est-à-dire aux La Ronzière. Elle l'avait senti aussitôt. Elle avait admis de porter le nom de Maudon, il le fallait bien, mais à présent, veuve, elle ramenait en quelque sorte ce nom au sein de sa propre famille. Elle n'avait pas tardé à transformer la maison, reléguant discrètement au second plan ce qui matérialisait le côté Maudon — certains objets, certains meubles, des portraits. Elle avait refait une maison imprégnée des *Purjus de la Souche*. C'étaient leurs visages que verraient les enfants dans le salon, dans l'escalier, sur les meubles. La décence imposait bien sûr que feu Étienne Maudon trônât en médaillon au-dessus de son lit, et aussi, bien en vue des visiteurs, au rez-de-chaussée. Mais pour le reste, les morts qui environneraient encore, une quarantaine d'années plus tard, les ébats de Louise et de Nicolas dans le grand lit vénérable, seraient des *Purjus*, pas des quincailliers.

Marier une de ses filles à un Herdoin, ç'avait été consacrer une alliance tardive, et presque à regret, entre deux familles importantes et hostiles. Les Herdoin ne s'étaient jamais gênés pour ironiser sur ces gens qui « se prenaient pour des nobles », et aux yeux desquels, réciproquement, eux-mêmes passaient pour des brutes et des vilains, d'autant plus insupportables qu'ils avaient de l'argent. Se greffaient là-dessus les histoires de l'Occupation. Un La Ronzière s'était illustré dans la collaboration régionale, un Maudon avait été durant toute la période le maire de la commune ; Joseph Herdoin, lui, passait alors pour être lié à la Résistance, ce qui faisait hausser les épaules à Gabrielle. Au milieu de tout ça était survenue une ténébreuse affaire de dénonciation — quatre hommes arrêtés et déportés — et, à la Libération, le suicide du délateur — ou prétendu tel. Il y avait là de sombres secrets ; Joseph Herdoin et ses amis résistants avaient fait prévaloir leur version de l'affaire ; Gabrielle avait son idée, qui n'était pas la même.

Résistants ! On les avait surtout vus à l'automne 44, oui, se pavaner dans toute la ville en faisant du tapage…

Ce mariage, en tout état de cause, signifiait néanmoins un relatif apaisement de la vieille hargne contre les Herdoin. Apaisement tard venu : on n'en était plus à l'époque où ces histoires de « familles influentes » eussent encore une importance réelle et, là encore, Gabrielle Maudon sentait s'effondrer son monde. Mais enfin, on ne savait pas de quoi demain serait fait. Elle avait jugé tout de même avisé de faire confluer les Maudon (puisque Maudon il y avait) et les Herdoin. Cela éviterait peut-être de futures dissensions.

Stoïquement, elle avait enduré l'ironie triomphante et solidaire de Joseph et de son fils, tous deux ravis de « prendre » une fille Maudon.

L'autre mariage fut « d'inclination », c'est-à-dire que Madeleine ramena son vétérinaire bellevillois sans demander l'avis de personne. Autrement dit, une stupidité.

Il avait fallu accueillir la famille du marié, ce qu'elle appelait *in petto* « la tribu juive », la fille d'un bistrotier et son époux, un coiffeur venu de Russie, ou quelque chose comme ça, dont le nom avait été plus ou moins francisé ; pas des gens du même monde, c'était le moins qu'on puisse dire — n'avaient-ils pas été jusqu'à entonner au dessert « Ah, le petit vin blanc » ?

Seigneur, ayez pitié de nous, et jetez des pierres aux autres.

*

Son veuvage, qui lui rendait à tout le moins l'indépendance, et lui conférait une dignité, fut donc le principal réconfort de sa vie à cette époque. Maîtresse de ses deniers, de ses souvenirs et de ses idées, à défaut de faire tourner le monde selon celles-ci, elle s'enfonça, sans en être consciente, dans une ivresse d'égoïsme.

C'est au moment de ce veuvage bienvenu qu'elle avait pris possession du bureau, ce bureau interdit aux enfants, derrière le salon, dans lequel Étienne Maudon avait fait semblant de s'intéresser à l'entreprise familiale et de gérer ses biens. Elle avait tout rangé et reclassé à son idée ; elle y avait transféré son secrétaire Empire, jusque-là installé au premier étage, dans la chambre.

C'est au cours de ces réaménagements qu'elle avait retrouvé — et plusieurs fois relu — une lettre reçue quelques années plus tôt d'une amie installée à Paris, et qui lui faisait d'étranges révélations sur Pauline.

Pauline ! Sa seule évocation renvoyait Gabrielle à sa jeunesse, aux années de la guerre et d'après.

Pauline, sa cadette de trois ans, était certes une Herdoin par sa mère, mais son père était bien reçu chez les La Ronzière ; en sorte que Gabrielle, à cette époque, avait été un peu la grande sœur de Pauline.

Celle-ci avait connu un bien étrange destin. Pour commencer, elle s'était trouvée orpheline assez jeune, son père tué sur la Marne, sa mère emportée par l'épidémie de grippe de 1918-1919. C'est Joseph Herdoin, son cousin (quoique jeune encore, il s'imposait déjà comme le chef de la maisonnée) qui avait arrangé son mariage.

Un très mauvais mariage, Gabrielle le savait par certaines confidences de sa jeune amie — de ces confidences de femmes qu'il est bon de garder pour soi. Mais il y avait eu pire, bien pire. Lorsque quelques années plus tard le mari de Pauline, Salambert, après deux ou trois ans passés dans la capitale avec sa jeune et charmante épouse, était rentré seul à Vernery, il avait été définitivement impossible de savoir ce que Pauline était devenue. On parlait de « maison de santé », exactement sur le ton qu'il fallait pour que cela ne fût cru de personne.

Les Herdoin n'en avaient jamais dit davantage — et à supposer possible l'obtention d'explications plus précises, on voyait mal comment les Maudon eussent pu en être destinataires.

Or cette lettre, reçue bien plus tard, après la guerre, levait un coin du voile. Une amie de pension, établie à Paris, avait appris tout à fait par hasard un certain nombre de faits concernant Pauline et son mari. Les mœurs de ce Salambert (qui avait bien trente ans de plus que son épouse) étaient quelque chose d'inimaginable, à quoi Gabrielle n'eût pas voulu croire si elle n'eût été sûre de pouvoir faire confiance à sa correspondante. Il n'y avait jamais eu de « maison de santé », de neurasthénie ou d'affection pulmonaire : la vérité était que Pauline avait tout simplement réussi à fiche le camp avec un autre homme, et qu'il n'y avait guère lieu de le lui reprocher, compte tenu de ce qu'elle avait eu à subir auprès de celui-là, un dépravé de la pire espèce.

Gabrielle, étrangement, demeurait rêveuse. Scandalisée — mais pour ainsi dire par principe, et en vérité remuée, dans des zones très lointaines et très obscures de son être. Elle en abhorrait d'autant plus Joseph Herdoin, qui avait livré Pauline à ce minotaure ; elle l'abhorrait, mais, rétrospectivement, dans l'abstraction de l'éloignement temporel, elle se soumettait à un tel homme.

Tout le monde à Vernery (du moins autrefois, lorsqu'il existait un *monde,* c'est-à-dire une *société locale* constituée) savait que Joseph Herdoin avait caressé pour lui-même l'idée d'un mariage avec Gabrielle. Ce fait, connecté aux plaisanteries sur les queues des casseroles Maudon, avait rendu plausibles à la rigueur quelques hypothèses sur l'ascendance véritable d'Antoinette et de Madeleine. (« Déjà que nous sommes cousins, dirait plus tard Nicolas à Louise, ce serait drôle que je sois aussi le petit-fils de ton grand-père. Au fond, la grande question, pour comprendre une communauté humaine, c'est de savoir qui couche avec qui en y prenant plaisir. ») Gabrielle se souvenait du jeune homme qu'avait été Joseph, de cette arrogante splendeur qui faisait tourner la tête des femmes de Vernery. Elle se souvenait qu'il fallait, par devoir de famille, détester et mépriser les Herdoin. Elle se souvenait de ses regards ironiques, aux limites de l'inconvenance, quand il la croisait. Elle se sentait finalement comme amoindrie de n'avoir pas engagé avec lui un beau combat. Leurs vies avaient été unies par ce défi secret. Il lui semblait que le jour des mariages, lorsque protocolairement, à l'église et à table, ils avaient été proches l'un de l'autre, quelque chose s'échangeait entre eux. Ils étaient des êtres de même espèce.

Et elle sentait aussi ce que cette idée avait de coupable, de troublant.

Oui : en un certain sens elle regrettait Joseph Herdoin. Lui mort, elle veuve, elle pouvait bien y repenser, après tout. Un chapitre possible, ou plutôt une version possible de sa vie n'avait pas eu lieu.

Elle se demandait sincèrement pourquoi Dieu met de telles pensées dans le cœur humain ; pourquoi le souvenir de Joseph, et dans son sillage la destinée de Pauline, lui apparaissaient soudain comme parés de toutes les séductions du péril et du mal. Faisait-elle malgré tout son salut, comme elle l'avait résolu avec ferveur, un demi-siècle plus tôt, lorsque pour la dernière fois elle avait prié dans la chapelle de l'établissement de religieuses qui l'avaient élevée ?

Elle avait seize ans alors, l'été approchait, et il faudrait (en pleurant) dire bientôt au revoir à Mère Marguerite, à Mère Jeanne de l'Enfant Jésus. Un matin, dans cette période incertaine où les cours étaient finis, mais où plusieurs pensionnaires demeuraient encore là pour quelques jours, elle avait longé la grande galerie silencieuse et sonore, que les verrières donnant sur la cour inondaient de lumière, puis poussé la porte de la chapelle obscure, où elle s'était agenouillée.

C'était là qu'elle avait senti, pour la seule fois de sa vie, la présence de Dieu. Une fois. Une fois, il lui aurait accordé la Grâce de sa présence impalpable, mais indiscutable. Il était là. Elle l'avait remercié avec délices, et elle s'était promis qu'elle accomplirait son salut, et s'efforcerait d'y amener tous ceux qu'elle côtoierait.

Mais que s'agissait-il, en définitive, de mettre en œuvre ? « Aimez-vous les uns les autres » ? Ce n'était sans doute pas ce qu'elle avait privilégié dans l'enseignement de Notre-Seigneur Jésus. Elle se demandait souvent qui elle avait aimé. Ne parlons même pas de l'amour d'un homme. Ce qu'elle avait pu éprouver envers Joseph Herdoin était quelque chose qu'elle condamnait. Mais avait-elle aimé ses filles, par exemple ? Et ses petits-enfants ? Aimait-elle ses petits-enfants ? Souvent elle s'était sentie envers eux proche de l'indifférence. Ils appartiendraient à un autre monde. Élevés les uns à Villefleurs par cette fille qu'elle ne comprenait plus et cet homme qu'elle ne comprenait pas, les autres par *cette pauvre Antoinette* et son rustaud de mari — tout cela ne la concernait plus. On ne lui demandait pas son avis, elle ne voyait pas pourquoi on lui aurait demandé son affection !

Elle les recevait cependant, quelquefois, dans le temps des vacances, car cela faisait partie des choses qui se font, et aussi parce qu'elle goûtait l'animation que cela mettait dans la maison, comme elle pouvait apprécier la présence d'un bouquet de glaïeuls ou de tulipes. Elle s'adressait, pour ces périodes, à la femme qui le reste de l'année faisait le ménage, et qui venait alors préparer les repas (c'était « une brave femme »). Toute cette organisation soigneuse flattait son goût du commandement. Et puis, savait-on ? Elle maintenait ainsi ces enfants au contact d'un certain air du passé, de tout ce qui sourdait mystérieusement de ces vieux murs. On n'est pas sans conséquence suivi des yeux par les portraits ; ils sont la survie de l'âme, ils sont les fenêtres par l'ouverture desquelles les morts gardent licence de venir observer ce que font les vivants. Les morts ont bien droit à l'avenir. Il faut les écouter. Souvent elle sentait, dans les ombres des étages, le soir, la présence des ancêtres, de tous ces La Ronzière, de ces tantes, de ces vieillards connus dans son enfance et dont elle seule savait encore le nom.

Et ça faisait une vie terrestre, tout ça.

Joseph Herdoin, une fois persuadé que Gabrielle de La Ronzière lui resterait interdite, s'était fait remarquer en épousant une fort belle fille, qui n'était pas de Vernery ; et à vrai dire personne ne savait trop « de quel milieu » elle était sortie. Élisa, elle s'appelait. Elle n'avait pas de famille connue. Du jour au lendemain il l'avait ramenée d'Auxerre, où, selon la version officielle, elle était ouvrière modiste ; mais certains affirmaient qu'il l'avait repêchée dans un bordel. Des filles de maison, elle avait la nonchalance un peu grasse, un côté aguichant qu'elle ne cultivait pourtant pas.

(« Ma mère était une sainte, ma grand-mère était une pute, dirait plus tard Louise à son cousin. Comment veux-tu que je m'y retrouve ! »)

Pute ou pas, Joseph l'avait imposée, comme il imposait tout. Les garçons du pays lui envièrent cette rousse à la chair éclatante, au corsage gonflé, aux hanches rondes, aux lèvres humides. Il en avait fait une ménagère, devoir dont elle s'était acquittée scrupuleusement, consciente peut-être qu'il lui fallait monnayer ainsi son entrée dans la famille Herdoin. Puis, en quelques années, elle avait pris du poids. Le beau Joseph Herdoin, devenu plus tard l'imposant, le redoutable Joseph Herdoin, avait vieilli avec une grosse bonne femme, qui lui avait survécu cinq ans. (Louise, plus tard, garderait un bon souvenir de cette grand-mère, quoique les derniers temps, il lui arrivât de sentir assez mauvais.)

L'histoire inconvenante et terrible de Pauline ; Joseph Herdoin marié à cette *pas-grand-chose*; les conquêtes qu'on lui prêtait ; et même un enfant adultérin... Oui, tout cela avait fini par troubler Gabrielle Maudon, au soir de sa vie, lorsqu'il lui semblait que sa religion la lâchait, et que du même coup une autre Gabrielle, inconnue, demeurée à l'état de virtualité non advenue, paraissait sur le point de surgir de l'ombre. Volontiers, elle s'était livrée à cette vertu empesée, à cette piété sans discussion, à ces convenances de milieu qu'elle jugeait être le bien, tout ce qu'elle s'était efforcée de faire prévaloir autour d'elle. Toutefois, elle sentait que ces principes, en retour, avaient modelé une Gabrielle, et elle en supposait une autre, ou d'autres, qui eussent pu advenir dans d'autres circonstances ; elle était assez franche et lucide pour admettre cela. Se dessinait alors confusément le paysage d'une forme différente d'existence. Ce qu'elle avait toujours regardé comme l'évidence même du monde, cette disposition des choses autour d'elle, dans laquelle le clocher de l'église n'appartenait pas moins à la nature que le ciel et les bois, apparaissait désormais, qu'elle le voulût ou non, comme autant d'options prises dans son pays, à son époque, mais que la vie n'impliquait pas avec un absolu déterminisme.

Quand elle laissait sa mémoire s'aventurer en ces domaines, inopinément, l'air célèbre lui passait par la tête : *l'ineffable étreinte de nos désirs fous*... La Veuve joyeuse ! Elle en souriait toute seule. Gabrielle, n'as-tu donc pas honte.

(Bien longtemps plus tard, la petite Louise dirait que le désir circule, est contagieux. Elle dirait aussi que la vérité de chacun est impossible à connaître, que nous ne livrons aux autres qu'une vérité convenue, afin qu'ils sachent où nous ranger.)

Elle s'enfermait dans son bureau et ses rêveries. Elle relut les romans de sa jeunesse : Gyp, Raymonde Machard, René Bazin. Elle rouvrit un volume de vers de Marie Noël. Elle se souvenait d'avoir été présentée, vers 1947 ou 1948, à la poétesse d'Auxerre ; elle avait acquis *Les Chansons et les Heures*, que lui avait aimablement dédicacé cette femme douce et triste. Ses vers parlaient d'un monde qui leur était commun ; sa ferveur religieuse, et aussi la chaleureuse approbation de M. Brémond, de l'Académie française, la mettaient au-dessus de toute discussion ; mais Gabrielle la jugeait tout de même, *in petto*, un peu folle :

Vite, ne laisse rien en moi qui te déplaise,
Ô mon roi !
Fais-moi vite souffrir, mais viens dans la fournaise
Avec moi.

Est-ce ainsi que l'on s'adresse à Jésus?...

Au fond, elle préférait les romans légers, le grand monde, un peu de perversité.

Elle souhaita que Dieu ne la laissât pas trop longtemps errer dans ces pensées, si nouvelles qu'elles lui étaient incompréhensibles et lui faisaient peur. Elle ne doutait guère d'avoir été digne, d'avoir été juste; elle ne redoutait pas le verdict divin; elle sentait pourtant qu'elle allait mourir dans une certaine perplexité.

Les hivers se faisaient pénibles dans la vieille baraque dont l'humidité avait toujours été le défaut principal; et, quoi qu'on fît, le poêle à gaz sentait toujours légèrement mauvais. Elle prit l'habitude d'écouter à la radio une station de musique classique. Et tandis que des morceaux de Bach ou de Chopin voletaient en sourdine dans la pièce sombre, elle ne cessait de récapituler sa vie, son argent, ses dispositions testamentaires, et de se répéter que c'était bien, que c'était comme il fallait, que tout était en ordre; et elle avait de plus en plus fréquemment, seule dans son boudoir, ce mouvement de menton, cette secousse de la tête.

*

Un autre souvenir d'enfance de Nicolas à propos de Gabrielle Maudon : elle savait parler le patois local. Un jour qu'ils étaient allés dans un village voisin rendre visite à quelqu'un, ils avaient fait la rencontre d'un vieux bonhomme qui, autrefois, avait été jardinier chez les La Ronzière ; et Gabrielle, très châtelaine, lui avait serré la main et parlé patois.

Elle avait eu son moment de gloire. « Ah mais bien sûr, que je connais le patois ! Qu'est-ce que vous croyez ? » avait-elle lancé à la famille éblouie.

C'était « un brave homme ».

VIII

LES PHOTOGRAPHIES

Des trois photographies qui accompagnaient Louise et Nicolas, durant leur séjour du printemps 2001 dans la maison de Vernery-sur-Arre, et qu'ils avaient installées dans la chambre, près de leur lit, l'une, que l'on pouvait dater à vue d'œil des années vingt, reproduisait, en médaillons symétriques, les portraits d'un homme et d'une femme.

Ce qui frappait d'emblée était le caractère mal assorti de ce couple.

Elle, c'était une toute jeune femme, assez jolie, encore enfantine et comme gênée — gênée à juste titre de poser dans une tenue à peine décente, surprenante en regard de ce que pouvaient être les mœurs de son milieu et de son époque. La robe laissait nus la gorge, les épaules et les bras. Les cheveux, tirés en chignon, accentuaient cette impression de nudité en dégageant le cou et les oreilles. Ces épaules charnues, cette poitrine qu'on devinait abondante, ce visage encore enfantin, le front large et livré, la bouche d'un ovale parfait de feuille : comment avait-on pu, dans son entourage, ne pas sentir l'impudicité de cette photographie — et, si on l'avait sentie, comment avait-on pu l'accepter ? On aurait dit qu'on la mettait sur le marché.

L'aspect de l'homme soulignait par contraste ce caractère d'oblation, d'exposition de la chair. C'était un assez bel homme, mais que rendait antipathique, au-dessus de la moustache en croc et du nez fort accrochant la lumière, une expression d'autosatisfaction narquoise, de contentement immérité. Il portait un chapeau déformé d'où s'échappaient quelques mèches mal peignées. Une certaine dégradation du visage indiquait un peu trop clairement des années de billard et d'apéritifs ; on ne sait quoi de négligé, de bouffi et de sale se donnait à voir dans cette cinquantaine à la fois fate et usée.

Et cette allure de roquentin ne laissait pas d'inquiéter, conjointe à l'innocence de la jeune vierge, confusément consciente de ce qu'elle avait d'appétissant jusqu'à l'obscène. « Ils virent qu'ils étaient nus », dit la Genèse : elle semblait soupçonner qu'elle était nue — du moins un peu trop nue.

Cette jeune femme, c'était Pauline.

Plusieurs fois, Louise et Nicolas avaient considéré ce portrait, ce regard où se lisaient l'anxiété avec la soumission ; Nicolas, qui ne l'avait jamais vu, avec davantage de curiosité encore :

— Ça fait vraiment bobinard de province. La nouvelle pensionnaire de Madame Andrée, marchande de prémices ! Comme il se doit, parfaitement terrorisée. C'est Justine...

Louise connaissait l'histoire de Pauline à travers le récit que lui en avait fait sa mère, laquelle semblait en avoir toujours été hantée.

Pauline naît en 1903. Son père est contrôleur des contributions à Vernery. Sa mère, sans profession, est une Herdoin, la jeune tante de Joseph Herdoin, lequel, né en 1890, est donc très nettement l'aîné de sa cousine.

Le père de Pauline, mobilisé, est tué dans les premières semaines de la guerre. Sa femme se retrouve dans une situation plutôt confortable : elle dispose de sa maison, de ce que son mari lui a laissé et de sa pension de veuve d'un fonctionnaire et d'un combattant, sans compter ses droits sur l'héritage Herdoin.

Au début de 1919, elle meurt à son tour, victime de ce qui fut appelé grippe espagnole. Pauline a seize ans à ce moment-là. L'année suivante, elle est demandée en mariage par le quinquagénaire de la photo, un certain Salambert, vieil ami de ses parents...

— ... Et si j'ai bien compris, précise Louise, réputé l'amant de sa mère depuis la mort de son mari. Les Herdoin exerçaient la tutelle ; ils acceptèrent l'idée de ce mariage, Pauline aussi, ce qui fait que ce type mit la main à la fois sur elle et sur les biens dont elle était héritière.

— Sympathique personnage... Comment tu l'appelles ? Salopier ? Salacier ?

— Salambert.

— Ça sent vraiment le vieux cochon... Il s'est tapé la mère, à présent il s'assure pour ses longues veillées d'hiver une jolie petite poule bien grassouillette...

— C'est ça... Et quelques années après, en 1929, à vingt-six ans, Pauline quitte la scène.

— Elle meurt ?

— Non. Ils s'étaient déjà absentés de Vernery, pour un séjour de plusieurs mois à Paris, puis pour un voyage en Italie et en Suisse... C'est après que ça devient très louche...

En 1929, en effet, après une nouvelle période passée dans la capitale, le mari de Pauline revient seul à Vernery. La version officielle est que Pauline est malade. On ne sait pas trop de quelle maladie. Elle ferait de fréquents séjours dans une clinique parisienne. Puis Salambert quitte à nouveau le pays ; et à compter de ce départ, plus personne n'aura jamais la moindre nouvelle de Pauline.

— ... Et quand je dis aucune nouvelle, ce n'est pas une façon de parler. On n'a même jamais su à quelle date elle est morte.

— Et le Salambier, qu'est-ce qu'il est devenu ?

— Salambert. Aucune idée non plus. Il n'était pas originaire de Vernery. Leur maison a été vendue par la suite. Ma mère suppose que les Herdoin en savaient davantage, mais ils n'ont jamais rien dit. Et personne là-bas n'avait de raison précise d'insister…

— Et ton père ? Tu ne lui as pas demandé ?

— Il dit qu'il n'en sait rien. Il ne l'a pas connue, il était à peine né… De toute façon, lui, chaque fois qu'on lui parle d'histoires de famille, il marmonne qu'il a oublié et qu'il s'en fout. Tout ce que j'en sais, je le sais par ma mère. Les Maudon ne fréquentaient pas les Herdoin, mais le père de Pauline, en revanche, était de leurs amis. Et ma mère s'intéresse à cette histoire, je ne sais pas pourquoi…

Il fallait ici tenir compte de la personnalité de la mère de Louise, Antoinette Herdoin, née Maudon, pour saisir quelle coloration elle donnait à l'histoire de Pauline.

Il y avait d'abord une sorte de pitié, voire d'humble solidarité. Elle plaignait Pauline, qu'elle présentait comme la victime d'un homme odieux, détestable. Ce jugement s'appuyait manifestement sur des faits qu'elle soupçonnait, ou connaissait, mais qu'elle répugnait à relater.

— Selon elle, Pauline était soignée à Paris pour neurasthénie. Aujourd'hui, on parlerait sans doute de dépression… D'où provenait cette dépression, on ne peut évidemment pas le savoir, mais c'est à rapprocher du jugement de ma mère sur Salambert : « Ce n'était pas un type très intéressant. » Je lui ai demandé ce qu'elle voulait dire par là. Elle a été plutôt évasive. Il avait une réputation de noceur, d'homme à femmes, et puis il buvait trop... Mais à mon avis, elle ne dit pas tout. « Pas intéressant », dans la bouche de ma mère, et prononcé sur un certain ton, c'est lourd de signification, très lourd. Cela veut dire qu'il y a chez ce bonhomme quelque chose qui ne va pas du tout...

On découvrait par là un autre point obscur de cette histoire. Sur quels faits cette réputation de débauché, qui semblait attachée à Salambert, était-elle fondée ? S'il était connu pour ses dépravations, ou pour tout autre motif censé en faire quelqu'un de « pas intéressant », comment se faisait-il que personne, chez les Herdoin, ne se fût opposé à ce mariage ? À s'en rapporter aux mœurs en vigueur à Vernery, il était pour le moins étonnant que cet écornifleur surgi de nulle part, traînant dans ses pas des rumeurs équivoques, ait pu être agréé comme mari de la fille après avoir été l'amant de la mère.

Louise avait sur ce point son hypothèse, qui relevait du sordide.

À la mort de sa mère, Pauline devenait héritière d'une partie de l'entreprise Herdoin. Joseph, fort peu soucieux de partager, aurait obtenu de Salambert qu'il renonçât à cet héritage, moyennant quoi il mettait la main sur la fille, la maison et les biens propres de la mère. L'affaire n'était pas mauvaise pour lui ; Joseph, de son côté, contrôlait sa cousine en lui donnant un mari dévoué à ses propres intérêts.

— Et au fait, il n'avait pas fait la guerre, celui-là ?

— Apparemment non. Trop vieux, peut-être… Je ne sais pas jusqu'à quel âge ils les prenaient.

Tels étaient les faits connus ou supposés par Louise et Nicolas. Si l'on voulait, en partant de là, se faire une idée de ce mariage et de sa mystérieuse issue, l'imagination devait prendre le relais.

Au départ du récit, il fallait poser une union plus ou moins contrainte ; au point d'arrivée, cette fameuse « neurasthénie ». Entre les deux ? Rien de précis, rien de prouvé — rien que la consternation et les prudences de langage qui marqueraient, des décennies plus tard, les propos d'Antoinette Maudon. Pour Louise, il n'y avait guère de doute : le drame de Pauline était d'ordre intime et pour tout dire sexuel. On devait se figurer une vie conjugale mettant en présence, avec tous les pouvoirs entre les mains masculines, une toute jeune fille des plus innocentes et un homme d'expérience, sans doute rompu à une sexualité fort éloignée de la candeur ou du romantisme juvéniles. Pas difficile, dès lors, d'imaginer la répulsion de Pauline devant une libido dont elle ignorait tout, qu'elle n'avait jamais explorée en elle-même et qui, objectivée par un homme sans délicatesse, allait lui apparaître comme monstrueuse et dégoû tante. On ne comptait plus les histoires et rumeurs sur les jeunes femmes horrifiées par le sexe à la suite de mariages de convenances. La candide Pauline s'était retrouvée, timide, inconsciente d'elle-même, avec pour tout bagage quelques rêves d'enfant sur le prince charmant, face à un quinquagénaire lubrique, et plus ou moins ivrogne par-dessus le marché.

Jusqu'où cela avait-il pu aller? Les suppositions échafaudées par Louise et Nicolas couvraient un échantillonnage varié, allant des turpitudes ordinaires aux pires besoins de mise en scène.

Et puis il y avait, au bout de huit ans, cette disparition dont la rumeur publique hésitait à désigner les motifs. Une enfant du pays, appartenant à une famille notoire et notable, se perdait dans Paris pour toujours, sans que quiconque se soucie d'effectuer ce qu'on pourrait appeler son autopsie sociale.

Il fallait en revenir à Antoinette, et à la façon dont elle parlait de Pauline. Elle ne l'avait pas connue. Elles n'étaient pas de la même génération. Alors, pourquoi s'intéressait-elle autant à son histoire, pourquoi la racontait-elle avec cette pitié un peu effrayée, comme si elle parlait d'une amie, comme si c'était tout proche d'elle ? Qu'avait-elle su au juste, et par l'intermédiaire de qui ?

Antoinette elle aussi avait vécu, au dire de tous, avec un homme qui ne lui convenait pas. Elle n'avait sans doute jamais fait que subir ses assauts, le temps de mettre deux enfants au monde, après quoi son mari avait passé le plus clair de son temps à courir derrière tous les jupons du pays, et trouvé ses satisfactions en compagnie de femmes d'une autre trempe. Le dégoût de la sexualité, que Pauline avait peut-être vécu jusqu'au cauchemar, comptait-il aussi parmi les données de sa vie ?

— Cela dit, concluait Louise, il est possible que tout le monde, y compris ma mère, se soit complètement trompé.

— C'est-à-dire ?

— Cette histoire de neurasthénie, de clinique. C'est ce que Salambert a prétendu, et qui a été repris en chœur par la famille. Mais personne n'en a aucune preuve. Ce qui est avéré, c'est que Pauline n'était plus avec lui.

— Oui… Et tu en déduis quoi ?

— Une autre hypothèse. C'est trop triste, cette histoire. Et si Pauline l'avait quitté ? Et si c'était elle qui avait finalement gagné la partie ? Bon, elle a dix-huit ans à peine, elle se retrouve mariée à ce mec, recluse avec lui à Vernery-sur-

Arre Elle n'a pas pu ou pas su faire autrement. Elle le subit. Il la dégoûte. D'où peut-être des confidences qu'elle fait à je ne sais qui, et qui parviendront plus tard à ma mère... Mais en attendant, elle a beau être gourde, elle a quand même l'instinct de survie, non ? Alors elle réfléchit aux moyens de se tirer de là. Lui, on ne sait pas où il a vécu auparavant, mais apparemment, il a des relations à Paris. Elle finit par s'apercevoir que tant qu'ils resteront à Vernery, elle sera coincée.

Alors elle va le convaincre qu'ils doivent partir. Elle va devenir la plus gentille, la plus complaisante des épouses. Elle va lui servir son xérès ou son brandy, le laisser faire ce qu'il voudra avec ses fesses. Elle va être tellement câline (en se retenant de vomir) qu'elle le décidera à l'emmener à Paris. Parce que là, ils verront du monde, parce que Paris, c'est grand... Là, elle rencontrera d'autres hommes. Là, elle va tout envoyer promener, le mariage, la bonne moralité, son argent et ses biens, toutes les saletés au nom desquelles on l'a condamnée à vivre avec un Salambert. Elle va comprendre qu'elle est belle, et qu'il ne tient qu'à elle d'être aimée d'un autre homme... *Ciao, amore !* Dans ces conditions, lorsqu'il revient à Vernery, cocufié et abandonné, il a tout intérêt — avec la complicité de la famille — à accréditer l'histoire de la maladie, de la maison de repos. Ils vont tous s'efforcer d'établir le silence. Cela expliquerait aussi que l'on n'ait jamais su ce qu'il est advenu d'elle… Elle, elle est loin. Elle les laisse croupir tous dans leur sous-préfecture avec leur linge sale. Elle a enfin droit, peut-être, à la mer et aux îles, aux ivresses, aux vrais frissons de l'amour…

— C'est pas mal… Pas mal du tout…

— Pauvre Pauline. Ça lui donne une chance… Si au moins c'était vrai !

*

Deuxième photographie, deuxième couple. Fin des années quarante.

Des mariés, au sortir de l'église, lui en complet sombre, elle en robe blanche avec son voile, son bouquet à la main ; ni belle ni laide, inexpressive, placide.

C'est l'expression du marié qui frappe tout de suite : un air incroyable de consternation, d'égarement, d'apeurement, la tête légèrement baissée, les yeux fixes regardant on ne sait quoi devant lui.

Un mouton à la porte de l'abattoir.

Il s'agit du mariage à Niort (Deux-Sèvres) de Joël Herdoin, l'oncle de Louise, le fils cadet de Joseph Herdoin.

Voici l'histoire de Joël.

Vers 1950, ce garçon de dix-neuf ans travaille

dans l'entreprise paternelle et, cette année-là, son père apprend qu'il « fréquente ». Renseignements pris, la petite amie est une fille d'un village voisin, que Joël a rencontrée, fort classiquement, au bal du samedi, « sous parquet-salon ».

Une scène très rapide se déroule, un soir de novembre, à la nuit tombante, sur une route départementale. Joël Herdoin a pris son vélo, il pédale avec ardeur, en chemin pour aller voir sa belle, lorsqu'une voiture le double et, freinant devant lui, l'oblige à s'arrêter. Il reconnaît cette voiture, celle d'un ami de son père ; l'ami tient le volant, son père descend de la place du passager.

— Que se passe-t-il ?

— Monte.

— Mais...

— Monte !

— Et mon vélo ?

— T'inquiète pas.

Il s'exécute. La bicyclette est déposée, à l'abri des regards, derrière une cabane voisine de la route. Cela fait, on démarre.

— Où est-ce qu'on va ?

— Tu verras bien.

La voiture roule toute la nuit ; les deux hommes se relaient pour conduire. À l'aube, Joël, qui a fini par s'endormir sur le siège arrière, ouvre les yeux et voit une pancarte Michelin : Niort 12 km.

Joël a quelquefois entendu parler de Niort, des parents qu'on avait là-bas, qu'il n'a lui-même jamais vus. C'est chez ceux-ci qu'on l'emmène. Dans le coffre de la voiture, il y a sa valise, préparée sans lui.

On arrive à Niort, on se renseigne, on s'égare sur de petites routes environnantes. On parvient enfin à destination : une exploitation agricole, où les trois hommes sont bien accueillis. On leur sert à déjeuner. Joël apprend qu'il vivra ici jusqu'à nouvel ordre.

La suite est imprécise. C'est encore Antoinette qui a relaté à Louise cet épisode de la saga familiale. « Tu te souviens de sa femme ? Non ? C'est vrai que tu ne les as pas vus très souvent, et tu étais petite… Enfin toujours est-il qu'ils l'ont marié avec cette fille. Elle était un peu boiteuse, mais sa mère avait un petit commerce. Et c'est comme ça que ton oncle a fini dans l'alimentation. »

On ignore quelles explications Joseph Herdoin a fournies autour de lui, ne serait-ce qu'à sa femme. Il est vrai que la grosse Élisa avait l'habitude de la soumission, et que Joseph n'était pas homme à rendre des comptes. Elle a bien dû tout de même vouloir qu'on lui dise pourquoi on expédiait définitivement son fils à l'autre bout de la France. En sorte que Joseph a peut-être été contraint de fournir la clef de l'énigme. Il savait qu'il était le père de la petite amie initiale. Il n'avait pas trouvé d'autre solution pour couper court aux roucoulades amoureuses du demi-frère et de la demi-sœur.

Nicolas aimait bien cette histoire.

— Ce qui serait intéressant, c'est de savoir ce que ferait, en pareilles circonstances, un père d'aujourd'hui. Il ne pourrait pas mettre un terme à l'idylle de façon aussi autoritaire. Il se retrouverait sous les tirs croisés de sa fille, de son fils, de sa femme, de l'autre femme, éventuellement du mari de celle-ci…

— Il serait dans la merde.

— Exactement, Louise. Tout cela finirait en consultations chez les psys et les conseillers familiaux… Il faut des histoires comme celle-là pour comprendre que le patriarcat est vraiment mort. Cela dit…

— Cela dit ?

— Est-ce que la méthode expéditive de ton grand-père n'était pas excellente ? Tu vas me dire que ton oncle et sa petite amie ont souffert d'être séparés ; mais ce serait pareil aujourd'hui. Tu vas me dire ensuite qu'ils avaient le droit de savoir. Mais une fois que l'on sait des choses de ce genre, qu'est-ce qu'on a de plus ? Ton grand-père a choisi de trancher dans le vif. C'était peut-être la meilleure solution, non seulement pour lui mais pour tout le monde.

— Pour lui, c'est sûr. Quand tu vois le rôle qu'il a joué dans l'histoire de Pauline et dans celle-ci, tu te dis franchement qu'il ne s'emmerdait pas...

— Non... Il a régné. Le problème, aujourd'hui, c'est qu'on ne règne plus. Les hommes se voient discuter jusqu'au droit de donner leur nom à leurs enfants. En revanche, le droit de transbahuter le lit pliant et de changer les couches, personne ne le leur conteste. C'est même un droit devenu obligatoire.

— Tu regrettes, hein ? Le bon vieux temps de la dictature masculine !

— Bah. Tu sais pourquoi personne ne s'est rebellé contre Joseph, dans cette affaire comme dans l'autre ?

— Non.

— Parce que ça les faisait jouir. Tous !

*

Reste la troisième photo, ce couple nu et anonyme, qui en toute sérénité, avec une impudeur sans limites, s'abandonne au rapt-éclair de la pellicule photographique.

Et là, il n'y a pas d'histoire. Il n'y a que l'insolence, la superbe obscénité, la déflagration de cette image.

Ils sont tous deux nus sur un lit, la femme allongée sur le dos, les genoux remontés vers les épaules, offrant à l'objectif, par une légère torsion du bassin, la vision de ses cuisses ouvertes.

L'homme est au-dessus d'elle, les genoux de part et d'autre de sa tête. Elle s'occupe de lui, une main sur la verge en érection visible, la bouche tout près des testicules. Lui, penché vers l'avant, le visage noyé d'ombre, passe une main par-derrière entre ses fesses, rejoignant le sexe — comme s'il s'agissait, par ce contournement, de montrer plus évidemment ce qu'il est en train de faire.

Qui étaient ces gens, par qui la photo avait-elle été prise, et dans quel but ? Davantage que son contenu manifeste, ces questions fascinaient Louise et Nicolas.

Paradoxalement, le document ne trahissait aucune intention pornographique. Il n'avait pas le caractère outrancier, hyperbolique, des photos faites pour cela avec des gens qui savent qu'ils s'exhibent ; pas davantage on n'avait l'impression d'un cliché pris pendant une orgie. Une ambiance d'intimité imprégnait au contraire la scène, comme s'il ne s'était trouvé là, hormis ce couple, que le photographe (encore avaient-ils pu recourir à un mécanisme de déclenchement à distance de l'appareil photographique). C'est sans pudeur, mais sans provocation, qu'ils avaient offert à l'objectif le spectacle de leurs jeux. On aurait dit deux fiancés ayant souhaité être photographiés ensemble, et qui, au lieu de poser pour cela devant un paysage ou à la terrasse d'un café, eussent opté pour un lit.

Il y avait une autre dimension : une recherche de la distance. Concentrés sur leur échange, leur allure n'en était pas moins celle d'amants qui assument de façon très délibérée leur volonté de libertinage. Le caractère très voulu de la position et des gestes se prolongeait dans le souhait de la photographie. En somme, celle-ci faisait de leur activité un rituel, une célébration érotique et esthétique.

Il n'était pas aisé, en somme, de supposer les circonstances et les motifs de la réalisation de ce cliché. Au reste, l'impression produite n'était peut-être qu'un hasard, et le document le simple témoin de menées libertines, ou d'un trafic d'images licencieuses.

Quoi qu'il en soit, cette photo était devenue un symbole pour Louise et Nicolas — le signe d'une complicité mystérieuse avec ces inconnus — comme s'ils se reconnaissaient affidés d'une même confrérie. Ils aimaient eux aussi le désir qui se nourrit de lui-même et, loin de chercher l'apaisement, délibérément exaspéré au contraire, porte en lui-même sa jouissance, tendue, maintenue le plus longtemps possible, sur un fil. Ils avaient pour cela élaboré leur langage, les actes précis qui convenaient, une scénographie dépouillée de tout ingrédient annexe (un peu comme les « bienséances » et les « unités » du théâtre classique ont pour nécessité de mettre en évidence la parole, en écartant tout ce qui n'est pas elle). Ils s'efforçaient d'amener au jour les représentations, les symboliques éveillées au plus profond d'eux par chaque figure et chaque volonté. Ils avaient compris que le désir peut ouvrir l'être comme un fruit, déconcerter l'identité là où elle se croyait solide.

Ainsi pour la première fois connut-il la jouissance d'être dominé et devina-t-il corporellement ce que pouvait être l'abandon féminin. Ainsi découvrit-elle les punitions qu'elle voulait s'infliger sous ses yeux pour une faute inconnue ; elle fut cruelle.

C'est ce qu'ils avaient nommé dénudement. Ils s'enthousiasmaient de pouvoir se donner l'un à l'autre cette présence qui exige, de tout désir, son éclat le plus vif, et de toute réalité intérieure la forme accomplie d'un aveu. Ils voulaient se voir en pleine lumière. L'étymologie réunissait la chambre et la *camera oscura*. C'était comme le besoin de faire éclater une vérité agressive et libératrice, celle-là même que libérait le couple nu de la photographie.

Ceux-là ne bravaient pas seulement la pudeur ou les convenances. L'anonymat, en même temps que ce climat d'intimité que ne dissipait pas la présence supposée d'un photographe, les plaçait en dehors de tout autre contexte que celui de leur être-amants. De là, la force du contraste qui s'établissait entre leur représentation et celles des deux autres couples. Tout l'apparat du mariage imposé pesant sur les épaules de Joël Herdoin, toutes les affaires de famille environnant ce dernier comme elles environnaient Salambert et Pauline, tout cela, en tant que symbole des liens et des déterminations qui font, de ce qui se passe entre deux êtres, l'affaire du groupe social, était congédié par eux ; c'est de cela aussi qu'ils s'étaient dépouillés.

Nicolas, cependant, envisageait un autre distinguo, qui lui faisait diviser en deux groupes les personnages de ces trois photographies. D'un côté, il y avait Pauline et les mariés de Niort ; de l'autre, le couple nu et le nommé Salambert. Ces deux groupes se définissaient chacun par la manière dont les personnages s'offraient à l'objectif :

— Pauline, Joël et son épousée se soumettent ; l'objectif les saisit dans leur trouble, leur inquiétude. On dirait aujourd'hui qu'ils ne contrôlent pas leur image. Ils sont objets, et non pas sujets, de la photographie. C'est elle qui les prend, elle leur impose son pouvoir. Cela va de pair avec l'absence de résistance qui les caractérise. Ton oncle Joël a-t-il jamais su le fin mot de sa mésaventure ? On ne sait pas. Il avait déjà tout accepté avant de songer, ne fût-ce qu'une fraction de seconde, qu'il aurait pu dire non… Car c'est bien ce qui est le plus étonnant dans son histoire : cette absence apparente de révolte.

C'est étonnant, mais seulement dans la mesure où l'on oublie la généalogie de tout cela. Peut-être n'a-t-il jamais véritablement eu l'idée qu'il aurait pu réagir autrement, qu'il aurait eu le droit de ne pas se soumettre au diktat. L'individu libre, au fond, est une invention progressive, et récente, tardivement légitimée par la société. Longtemps, cela n'a été qu'un luxe.

Nous, nous sommes de ceux (ils sont aujourd'hui légion) qui se sentent pleinement légitimes à dire : « Je suis qui je veux être. » Nous n'y avons aucun mérite. Ce fut un fait historique : cette possibilité s'est tout simplement démocratisée.

Nous nous sommes arrachés à l'origine. Nous avons écouté le joueur de flûte de Hamelin. Nous avons répondu à une nouvelle annonce dont nous ne savons ni qui l'a faite, ni ce qu'elle dit. Cela donne toi ou moi ; cela donne ces gamins que nous avons croisés dans Vernery, avec leurs grands frocs et leurs casquettes américaines, *et qui n'ont plus l'accent du pays.*

D'une certaine façon, ce que je dis là de Pauline et de Joël, tu l'as ressenti un jour avec ton ex-mari : ce qui t'a choquée en le voyant à la télévision, ce n'est peut-être pas essentiellement le fait qu'il ait publié votre histoire intime, ni qu'il l'ait déformée. Tu l'as dit toi-même : il t'a paru (je te cite) tout petit, tout minable. Il n'a pas maîtrisé la télé. Il était devenu un objet qu'on expose.

Regarde maintenant le mari de Pauline, l'inquiétant Salambert. Il pose fermement, concédant au photographe un regard ironique, décalé, maître de son intention. Salambert conserve tous ses droits sur son visage, ne livre de lui que ce qu'il veut livrer. Une maîtrise que le couple inconnu pousse jusqu'à la mise en scène. Il est net que si les amants obscènes dans un cas, et lui dans l'autre, s'en tirent bien, c'est parce qu'ils gardent le contrôle. La séance amoureuse avec ses gestes voulus, son apparat soigné, sa distance, est bien une représentation qu'ils se donnent à eux-mêmes, ou à on ne sait qui — mais c'est bel et bien un théâtre, un rituel. De plus, ils jouent sur le contraste entre l'anonymat et l'exhibitionnisme. D'une part on révèle tout, d'autre part on n'avoue rien. Ce qu'ils nous disent, c'est : Oui — on vous montre tout cela — et vous n'en saurez pas plus.

Salambert — dans ce que la mémoire collective nous livre de lui — réussit la même performance : garder son mystère. Il apparaît à Vernery, venu d'on ne sait où ; il en disparaît à son heure, et nul ne sait ce qu'il est devenu. C'est un électron libre, autrement dit, comme c'est le plus souvent le cas, un électron fou.

C'est l'antonyme parfait du pauvre Joël Herdoin, mené à son mariage niortais comme une sorte d'Iphigénie.

Il est possible que le mariage avec Pauline n'ait été qu'une aubaine, dont il jugea opportun de profiter au passage. Il est possible que la dépression de Pauline (ou, si l'on accepte l'autre hypothèse, sa fuite) l'ait laissé parfaitement indifférent. Il est possible qu'il soit tout simplement allé se livrer ailleurs à d'autres prédations…

Voilà ce qui nous fascine chez Salambert. Il traverse cet univers sans être modelé par lui, et sans laisser de traces. Il n'a pas de lien. Il joue son jeu. Il n'appartient pas à ce petit monde où nous le voyons faire son tour de piste. Qui sait ? Il est peut-être d'un autre temps.

IX

ALEXANDRA (ESQUISSE)

Du bleu.

Une immensité intensément lumineuse et douce ; la ligne d'horizon est perdue dans une légère brume.

Tournoiements lointains d'oiseaux de mer — à peine perceptibles, comme des impressions rétiniennes.

Alexandra est assise en tailleur face à ce paysage, sur les hauteurs de Haïfa. Près d'elle, sur la pierre tiède, un livre et un carnet de notes.

Au nord, pas plus grosses que des jouets Playmobil, les jetées et les grues du port.

À deux ou trois milles au large, un pétrolier trace sa route.

(Elle ne peut voir un pétrolier sans penser à la guerre. Des jeux de stratégie, des armes, des régimes pourris, des prisons, des bateaux rouillés, pour s'approprier, transporter partout et brûler cette poisse noire et gluante. L'humanité adoratrice du pétrole. Les lumières des villes dans la nuit, les millions de voitures sur l'asphalte des périph', les tonnes d'emballages plastique inutiles jetés au sortir des supermarchés, les avions, les aéroports, les voyages touristiques. Une humanité dérivée du pétrole.)

Mais ce bleu que virent les yeux du Christ et de Mani. La Méditerranée vue de là-bas, à l'est — des rives de la Terre sainte.

Les mers et les montagnes sont là pour ouvrir le mental, le faire appareiller loin des étroitesses humaines. L'esprit a besoin de ces balcons sur le cosmos.

Au printemps 2001, tandis que Louise Herdoin séjourne à Vernery-sur-Arre en compagnie de Nicolas, sa fille Alexandra se trouve en Israël, au centre mondial de la Communauté des Croyants : un majestueux ensemble de bâtiments — centre de réflexion et de prière, bibliothèque, archives, logements — bâtis à flanc de colline sur un parc dont les terrasses dominent la mer.

Depuis deux ans, tout en poursuivant les études qui doivent l'amener au professorat d'éducation physique et sportive, Alexandra est affiliée à la Communauté des Croyants, un mouvement né en Palestine à la fin du XIXe siècle, et qui se propose de fonder la spiritualité de l'avenir en empruntant à toutes les religions du monde, dans un syncrétisme à la fois rigoureux et facile à comprendre. (C'est pourquoi les différents édifices du centre imitent les grands styles d'architecture : le temple grec, l'église romane, les sanctuaires shintoïstes ou hindous.) Le séjour au centre mondial constitue le véritable baptême du Croyant ; c'est à partir de là qu'il accède à l'autonomie spirituelle.

Par moments, elle s'étonne d'être là. C'est l'aboutissement d'une longue histoire, la réponse à un appel entendu de façon d'abord confuse, et dont la teneur s'est précisée lentement.

Le mot de « croyance », pour les membres de la Communauté, ne signifie pas l'adhésion à un dogme. Il évoque la conviction, non la crédulité. Ici l'on peut vénérer Jésus-Christ, Mahomet, ou Bouddha ; l'on peut relire *Pieds nus sur la terre sacrée* ou préférer les œuvres de Freud ; ou rien de tout cela. Ce que l'on croit en venant ici, c'est que l'homme réalise Dieu, ce mot désignant le point d'horizon abstrait, inconnaissable, vers lequel convergent nos efforts de conscience, d'action juste et d'amour.

Alexandra avait été (la conjonction de ces deux mots surprendra peut-être) un bébé athée. On l'avait baptisée dans la religion catholique, essentiellement pour faire plaisir aux grands-parents — mais après cela, plus rien. Elle ignorait à peu près tout des grandes religions, qui ne se représentaient à son esprit qu'à travers quelques images courantes : les musulmans contraignaient les femmes à se voiler, le pape de Rome, tout blanc dans sa voiture, s'opposait à l'usage des préservatifs. On ne pouvait guère être attiré(e) par cela. Les pratiques religieuses les plus ordinaires lui étaient demeurées une langue inconnue : elle avait par exemple éprouvé, dans les premiers temps de son initiation, une réelle difficulté à réaliser ce que signifiait, pratiquement, le mot prière — qu'est-ce qu'on faisait au juste quand on était censé prier. Son cheminement avait été une affaire intime, impalpable, fragile. Il n'y avait eu au principe de tout que le sentiment diffus et lassant d'une insuffisance de la vie, que la pénible impression d'une absence, que le besoin de respirer un autre air. À cette impatience insaisissable, une amie rencontrée à l'Insep l'avait aidée à donner un nom.

Son entrée dans les rangs des Croyants avait été un feuilleton à épisodes. Sa mère en avait fait toute une histoire. Complètement affolée, voyant déjà sa fille aux mains de gourous érotomanes, et nourrie exclusivement de pousses de soja, elle avait cherché des infos sur le Net (avec l'ordinateur d'Alexandra !), et appelé un numéro vert, du genre SOS Sectes. En fin de compte, on l'avait rassurée : rien de suspect n'était signalé, les Croyants recevaient un enseignement et participaient à des rites, mais on n'avait constaté aucune atteinte à l'autonomie ni à l'intégrité des personnes (malnutrition, abus sexuels, drogues, lavage de cerveau), et les affaires d'argent du mouvement étaient transparentes. C'était en somme une association, relevant de l'exercice des libertés publiques les plus élémentaires. Louise s'était rassérénée, mais Alexandra lui en avait terriblement voulu. Ce qui l'avait mise en colère, c'était que sa mère fût prête à croire sur parole un inconnu qui lui répondait au téléphone, alors qu'elle ne la croyait pas, elle. « Putain mais tu me prends pour une gogol ou quoi ? »

Quant à son père, il avait bredouillé les mêmes âneries méfiantes, mais mollement — comme toujours — et sans insister.

À croire qu'il s'en foutait.

Son amie et initiatrice l'avait aidée à en rire. Le rire était le début de l'indulgence, donc du pardon, donc de sa propre délivrance. Quand même : les lieux communs des parents, pêchés dans les médias, étaient à se taper le derrière par terre. « Une jeunesse sans repères ». C'était leur refrain. Ils s'en gargarisaient, tous, de la « jeunesse sans repères ». Outre qu'on se demandait bien ce qu'ils avaient fichu d'autre, depuis qu'ils avaient fait des mômes, que de leur en fournir, des repères, puisque c'était apparemment si important, il était quand même ahurissant de constater que sitôt qu'elle les trouvait, la jeunesse, ces fameux repères, où elle pouvait et comme elle pouvait, c'était la panique à bord, le feu au lac. Vous ne savez pas la tuile qui m'arrive ? Ma fille croit plus ou moins en Dieu. Si, si. Je ne sais plus quoi faire. Rendez-vous compte. Son téléphone mobile et ses somnifères ne lui suffisent pas. Elle ne parvient pas à rester recluse entre l'Internet, les sorties « en boîte » et la condamnation générale du racisme. Elle s'accommode mal des mendiants dans les rues, des marées noires, du ravage de l'Afrique par les épidémies ! Pourtant elle a toujours eu ce qu'il lui fallait. On est même abonnés au satellite.

Elle en soupirait encore, quand elle y pensait. Papa, Maman, je comprends que ça puisse vous angoisser, mais pensez à ça, votre fille est heureuse d'être ici, elle aime les gens qui l'ont conviée à ce voyage, et je ne parle pas seulement du voyage concret vers la Terre sainte, mais d'un voyage vers quelque chose de plus beau que Darty, que SFR, que le magazine *Jeune & Jolie*, de plus beau que votre démocratie consistant à choisir entre Chirac et Jospin, de plus beau que vos assommants droits de l'homme radotés du CP à la terminale en guise d'éducation morale et civique. Ici nous sommes appelés les hôtes de Dieu. C'est quand même autre chose. Ici, nous découvrons que l'animal humain, à un moment de son évolution, a reçu l'Esprit, et ce n'est pas une façon de parler, on a tous été percutés. On est tous un peu divins. Moi, c'est grâce aux Croyants que j'ai entendu parler pour la première fois de la Pentecôte, et j'ai cru que j'allais en pleurer. *La Pentecôte est réellement arrivée dans l'histoire des hommes.* Et c'est vous qui dites que nous sommes sans repères !

Le premier acte proposé au Croyant était de visiter les lieux saints de Jérusalem. C'était comme qui dirait une cure de désintoxication. Une fois qu'on avait vu les différentes obédiences de chrétiens se disputer chaque recoin de l'église du Saint-Sépulcre, comme des brigands se partageant la tunique du Christ, une fois qu'on avait vu les portiques de sécurité sur l'esplanade du Temple, en principe on était vacciné, on avait compris, dans cette ville déchirée, l'échec et la dérision des grands monothéismes. Ah ! ils avaient bonne mine, les uns avec leurs couettes, leurs jérémiades devant le Mur, leurs gamins tout blêmes sous leurs chapeaux, et les autres avec leurs soutanes et leurs objets de piété, leurs cierges à dix balles, leurs vrais morceaux de la vraie croix, et tout le monde avec ses petites affaires…

Le groupe d'arrivants avait ensuite effectué un parcours en autocar, pendant quatre jours. Elle avait aimé la vallée du Jourdain, tous ces vergers magnifiques, ces viviers, les prodiges de l'irrigation, la visite d'un kibboutz… Mais voilà : le pays qui avait fait du désert un jardin était aussi le pays qui condamnait les Palestiniens à vivre comme des sous-hommes dans des réserves.

On avait l'impression qu'il ne restait, en Israël, que le pire matérialisme à côté dû pire intégrisme, et Tsahal aux avant-postes.

Par endroits, cependant, on voyait palpiter une petite lumière, quelque chose qui ne voulait pas mourir. Ils avaient visité le monastère d'Abou Gosh, construit sur l'emplacement présumé du village d'Emmaüs, où Jésus réapparut devant ses disciples (qui ne le reconnaissaient pas). Un religieux français les avait accueillis, les avait emmenés dans la chapelle ornée de fresques médiévales, et là, tout seul, pour eux, *a capella*, il avait chanté du grégorien. Un moment de douceur et de beauté. L'Esprit passait là comme un souffle.

Puis la première soirée au centre des Croyants leur avait communiqué (sur la terre des Croisades, de l'Irgoun, de l'Intifada et du Mur) l'évidence rafraîchissante d'une liberté. On revêtait une tunique blanche et des sandales — les mêmes pour les deux sexes. On retirait les bijoux, les effets personnels. Il y avait du poisson, du pain, des fruits et des légumes, du sel, des fromages, de l'eau et du vin, les dons élémentaires. On écoutait la lecture des paroles du fondateur. On avait le droit de tout exprimer, car il est dit : Toute parole de haine, de chagrin, de regret doit être proférée pour n'être plus la vôtre.

Durant la cérémonie du surlendemain, on

choisissait son nom de croyant. Celui qu'on voulait. L'important était ce nouveau baptême. Elle s'était bornée à simplifier son prénom et s'appellerait désormais Alexa.

On dormait seul dans une cellule. Quelques-uns nouaient des liaisons et faisaient l'amour. Lorsque les jalousies ou les désirs non partagés faisaient surgir des conflits ou des chagrins, on pouvait les exposer aux guides. Car il est dit : Que le désir soit la paume ouverte et non pas la griffe aux aguets. Au demeurant les problèmes graves étaient rares : on n'était admis au voyage qu'après une formation d'un an dans son propre pays, et ceux qui venaient là étaient prêts.

Ici l'on se débarrassait de toutes les pesanteurs et de toutes les illusions. La vie se composait de l'étendue marine, des conversations lentes, du silence, du sommeil.

Pour tous, Dieu était donc ce que l'homme peut réaliser. Il était ce qui, en nous, échappe à la programmation de l'animal et à la ductilité des choses. Il se manifestait dans le fait que chaque être humain dispose, en principe, de la faculté de choisir sa manière d'être au monde : sédentaire ou voyageur, solitaire ou communautaire, créateur ou organisateur; ou voleur, ou profiteur, ou criminel.

Il y avait eu plus décourageant encore dans la réaction maternelle : Louise, si inquiète, n'avait pas l'air de se douter un seul instant que c'était justement là, dans la découverte des Croyants et de l'esprit de Pentecôte, qu'Alexandra apprenait enfin à mettre ses parents à la bonne place, et à ne plus leur porter des sentiments de haine ou d'amour déformés, inopérants, blessants pour eux comme pour elle.

Elle apprenait qu'il faut connaître nos déterminations et nous reconstituer sans elles ; faire la part de ce qui est dû à nos origines, à notre héritage familial, à notre histoire personnelle. Le Croyant est libre parce qu'il participe de tout et à tout, s'il le veut, mais en ayant établi la bonne distance intérieure.

Après de longues plages de travail sur soi, Alexandra était parvenue à comprendre, par exemple, que ses parents avaient fait de leur vie ce qu'ils avaient pu, et rien d'autre ; et qu'il n'y avait pas plus à le leur reprocher qu'on ne reproche à un chien d'être un chien. Ils n'étaient plus « ses parents », ils étaient des créatures humaines, construites et limitées. Chaque être constitué, chaque « moi » qui se consolide est en effet une limite ; ce que l'on appelle « personnalité » n'est rien d'autre qu'une façon particulière de repousser ou d'accueillir l'esprit de Pentecôte, les deux coexistant en général suivant des dosages variés.

Une secte ! Des repères. Non, décidément, ça ne passait pas. Quand ils allumaient compulsivement leur télé pour ingurgiter le *jitédvinteur* (comme l'orthographiait Daniel, son copain révolutionnaire), ils n'étaient pas décérébrés, eux, ils avaient les bons repères, peut-être.

Des repères! Ils n'étaient pourtant pas difficiles à trouver, les repères, à commencer par toute la connerie du monde : le fric, la consommation, les armes.

Le pétrole.

Un salaud de patron qui brise la vie de deux mille ouvriers pour faire remonter les actions boursières de sa compagnie, et qui explique dans *Paris Match* qu'il aime l'art et qu'il se sent citoyen du monde, ce n'est pas un repère?

Des adultes qui consomment du sexe sur Internet, ce n'est pas un repère?

Voilà où ils en étaient, et tout ce que l'on pouvait faire de mieux pour eux, oui, c'était leur donner de l'indulgence. Ne vous inquiétez pas, maman, papa, on s'y *repère* très bien dans vos conneries.

Elle tissait peu à peu des liens entre sa foi nouvelle et le métier qu'elle avait choisi. On ne voyait pas bien, *a priori*, le rapport avec l'éducation physique et sportive. Pourtant si : c'était même maintenant, seulement maintenant, que cet intérêt qu'elle avait pour les corps, leur harmonie, leur liberté, prenait son véritable sens et sa beauté. Des êtres affranchis de leurs pesanteurs et de leurs hontes seraient de bons conducteurs de l'Esprit. Le corps est un temple. La foi, cela se danse.

*

Daniel, son grand ami, connu en première, se méfiait lui aussi de la Communauté des Croyants, mais pour d'autres raisons. Du moins pouvait-elle, avec lui, discuter à armes égales.

Il avait obliqué, lui, vers la philosophie et la révolution, bouffait du Marx, du Debord, du Sartre et du *Monde diplomatique.* Dans son sillage, elle avait côtoyé des contestataires du capitalisme, diverses variétés d'altermondialistes, avec sympathie et distance.

Une distance dont elle peinait à définir les motifs, et qui ne se manifestait que sur de minuscules symptômes, des broutilles.

Le coup des téléphones, par exemple.

C'était arrivé un soir, à l'issue d'une réunion bavarde et enfumée, où l'on avait parlé de Porto Alegre et longuement envisagé l'urgence d'aller taguer la fac de Paris IV-Malesherbes. Les débats étaient finis, le chef venait de lever la séance ; et c'est alors qu'il y avait eu une sorte de sauve-qui-peut, un affairement soudain et précipité, chacun oubliant tout le monde, un peu comme si il venait de retentir un signal d'alarme et d'évacuation ; dans les dix secondes qui avaient suivi, trente ou quarante révolutionnaires rallumaient et consultaient leurs téléphones portables.

Et ce petit mouvement résiduel, cet intermède *a priori* insignifiant, lui avait paru en dire plus long que tout le reste de la soirée. Elle avait eu la vision soudaine d'un lot de souris de laboratoire, conditionnées pour obéir à un signal électrique. Elle avait repensé au joueur de flûte qui, dans la légende allemande, emmène derrière lui tous les enfants de la ville. Une heure sans tripoter le mobile, et la panique gagnait les esprits. SFR : jamais vous n'aurez été plus libre, proclamaient alors des affiches dans Paris.

Il lui avait semblé que la révolution était finie (pour elle).

Une longue controverse avec Daniel s'était ensuivie :

— Tu me parles de la société du spectacle, de la marchandise. Mais que tous tes potes achètent leur petit forfait Bouygues et leur joli Nokia avec écran couleur qu'ils ont choisi chez Darty, et qu'ils ne puissent pas s'en passer pendant une heure, ça ne te gêne pas.

— Toi aussi tu as un portable.

— Oui mais je prétends pas m'opposer au système de la même façon qu'eux.

— À ce moment-là faut plus avoir l'Internet faut plus monter dans une bagnole faut plus rien faire...

— Non mais on peut au moins se poser la

question. Moi spirituellement j'apprends à ne pas être dépendante comme ça des trucs de conso.

En réalité, elle ne parvenait pas à définir vraiment ce qui la gênait dans cette affaire. Il lui semblait obscurément qu'on ne pouvait pas se prétendre opposant à cette société, et se montrer à ce point *addict* à ses gadgets marchands.

Ici, au centre des Croyants de Haïfa, on devait se déconnecter à l'arrivée. Plus de SMS, plus d'e-mail. Indéniablement, cela provoquait une espèce d'angoisse, elle l'avait ressentie comme tout le monde. Mais c'était justement ce petit pincement éprouvé, ce minime effort à faire, qui signifiaient un acte, un choix, une prise de distance assumée.

*

Durant les mois précédents elle avait lu *La Montagne magique*, recommandé par Daniel ; *Le Prophète*, trouvé chez sa mère (ah ! tiens donc ! elle aussi, elle avait eu des velléités spirituelles ? elle lavait donc oublié ?). Stephen King, marrant, mais bon. Paulo Coelho, un peu trop light, il se fichait de ses lecteurs. Elle venait de finir *1984*, toujours sur le conseil de Daniel, et lisait maintenant *Le Meilleur des mondes*.

Voici des passages qu'elle avait soulignés :

« Nous les conditionnons à raffoler de tous

les sports en plein air. En même temps, nous faisons le nécessaire pour que tous les sports de plein air entraînent l'emploi d'appareils compliqués ; de sorte qu'on consomme des articles manufacturés aussi bien que du transport. »

« Rendez-vous compte de la sottise qu'il y a à permettre aux gens de jouer à des jeux compliqués qui ne font absolument rien pour accroître la consommation. C'est de la folle. De nos jours, les Administrateurs ne donnent leur approbation à aucun jeu nouveau à moins qu'il ne puisse être démontré qu'il exige au moins autant d'accessoires que le plus compliqué des jeux existants. »

Toute la conso moderne, les Game Boy, les VTT ; et il avait quand même écrit ça en 1928, le mec...

Un autre passage l'avait laissée songeuse, celui où un dirigeant politique du sinistre « meilleur des mondes » expliquait pourquoi le système familial avait dû être anéanti :

« Le foyer était aussi malpropre psychiquement que physiquement. Psychiquement, c'était un terrier à lapins, une fosse à purin, échauffé par les frottements de la vie qui s'y entassait, et tout fumant des émotions qui s'y exhalaient. Quelles intimités suffocantes, quelles relations dangereuses, insensées, obscènes, entre les membres du groupe familial ! »

Quoique le romancier n'eût développé ce

propos que pour en souligner le caractère aberrant, quelque chose là-dedans lui semblait profondément juste. Pourtant, c'était le moins qu'on pût dire, fille unique de parents séparés quand elle avait huit ans, elle n'avait pas exagérément souffert (s'il y avait lieu d'en souffrir) des promiscuités psychologiques. Celles-ci lui avaient même plutôt manqué. Pourtant, il lui semblait, conformément à ce qu'affirmait le personnage du roman, qu'il était sain de s'éloigner.

Ce qui continuait de la tarauder, c'était cette irrépressible tendance qu'elle avait à considérer ses parents comme de tristes bouffons. Ce sentiment contredisait de façon pénible son affection pour eux ; mais elle devinait aussi que cette affection n'existait que dans la mesure où elle-même avait besoin de l'éprouver. Cela formait un triangle d'affects contradictoires dont elle avait le plus grand mal à se dégager.

Comment aimer des gens qui ont démérité — qui *font chier* — alors même qu'on voudrait pouvoir les aimer sans hésitation ?

Elle se rappelait souvent le jour où elle avait vu son père se chamailler avec sa nouvelle femme. Ah, ce jour-là !... C'était édifiant. Pour une connerie, une histoire de meuble de cuisine qu'il devait fixer au mur avec la perceuse et les chevilles, et ça faisait trois semaines et ce n'était toujours pas fait. Et elle râlait, et il râlait parce qu'elle râlait. Ils étaient déjà entrés dans ce pitoyable jeu de plaintes et de fuites, pain quotidien de tant de couples.

Ils avaient l'air malin. Bien la peine d'avoir fait tout ce cirque pour en arriver là ! Avec, en prime, l'autre enfant de la nouvelle femme, qu'Alexandra avait du mal à supporter (il sentait bizarre) et, un an plus tard, le petit demi-frère qu'il lui avait fallu intégrer à son paysage. Parce que ces deux-là n'avaient rien trouvé de plus pressant que de fabriquer un mioche.

De l'autre côté, Louise et ses amants.

Louise ne saurait jamais combien sa fille avait redouté qu'elle ne décidât, elle aussi, d'avoir un autre enfant avec un des hommes qui passaient dans sa vie. Cette perspective avait été la terreur de ses dix ans, onze ans. Jour après jour, Alexandra s'était attendue à entendre sa mère lui annoncer qu'il y aurait bientôt un autre bébé, avec le ton cafard et mielleux que les adultes excellent à prendre pour annoncer les catastrophes, genre tu verras comme tu vas être contente.

(Réciproquement, elle ne saurait jamais que sa mère lui avait d'avance sacrifié cette possibilité.)

Ici, parmi les Croyants de Haïfa, elle se détachait de tout cela.

L'air, l'immensité, les oiseaux traçant des lignes de hasard dans les trois dimensions de l'espace. Le soleil, les pierres chaudes. L'allégresse de vivre, de sentir, de penser.

Ce qui l'avait troublée dans *1984*, c'était la référence appuyée de l'auteur au passé, à l'histoire. Elle comprenait ce qu'il y avait d'insupportable à l'idée de Big Brother inventant la mutabilité du passé. « La plupart des faits historiques sont désagréables », dit également un personnage du *Meilleur des mondes.* En même temps, elle ne voyait pas très bien en quoi l'obscure histoire humaine, l'arriération, l'Inquisition, les guerres de conquête, le nazisme, les camps, la soumission religieuse, le fanatisme, l'inégalité, la sujétion des femmes, tout ce fagot de malédictions (inexplicablement se présentait à son esprit l'image de la fable : *La Mort et le Bûcheron*) pouvait encore servir à quelque chose, et pourquoi ces auteurs attachaient tant de prix à la mémoire du passé. Ne fallait-il pas au contraire tout jeter par-dessus bord, et recommencer l'être humain à la seule lumière de la Pentecôte ?

*

Bon. Il lui arrivait bien d'avoir le vertige, sans qu'elle parvînt à savoir s'il était d'origine physique ou psychologique. Les grands-parents en province, sa mère à Fontainebleau, son père à Évry, l'Insep à Vincennes, ses copains un peu partout : elle avait parfois l'impression que sa vie était une gare du RER.

Et la Communauté, c'était bien, mais un peu abstrait tout de même ; si elle avait dû faire une critique, ç'aurait été celle-là. Le groupe, ce n'était pas une présence, et ce Dieu, qui était une création quotidienne des hommes, manquait de visage. C'est pourquoi elle s'intéressait à Jésus.

Elle essayait souvent de se représenter le vrai Jésus. On avait beau dire, c'était souvent déconcertant, les Évangiles. Le Christ ne disait pas tellement ce que l'on attendait. Ses paroles étaient souvent rogues, énigmatiques, gênantes. En réalité, il devait être carrément jeté, et pas facile à vivre. Et suicidaire. Le genre de type qui jeûne, qui va toucher les malades. Il avait voulu être cloué, pas possible autrement... Mais ce fou dégageait une force humaine à vous couper le souffle ; et ce prophète brûlé qui ouvrait un monde immense avait l'humanité simple et proche d'un grand frère.

X

MUTATIONS SOCIOLOGIQUES DANS LA COMMUNE DE VILLEFLEURS (94)

Jusqu'au début des années 1970, Villefleurs était demeuré un village traditionnel de l'Île-de-France. Le bourg était groupé autour d'une place centrale sur laquelle s'ouvrait l'église, banal édifice du XIXe siècle. À l'autre bout de cette place se dressaient, majestueuses et flanquées de deux petits pavillons, les grilles d'un château construit sous le Premier Empire. Deux rues commerçantes, une halle de marché, quelques propriétés bourgeoises, deux exploitations agricoles composaient le reste du tableau.

Lorsque François Rubien était venu s'établir là comme vétérinaire, sa femme et lui avaient fait l'acquisition d'une maison des années trente, pas très belle mais claire et spacieuse, sur un grand jardin agrémenté de quelques arbres. Nicolas, comme ses sœurs, devait garder le plus heureux souvenir de cette maison, du jardin et, un peu plus tard, d'innombrables courses à bicyclette aux environs de Villefleurs, dans ce qui était encore à peu près une campagne coquette et paisible.

En 1973, un de ses lieux de baguenaude favoris, où il retrouvait ses copains — les ruines d'une ancienne minoterie jouxtant un bois, le long d'un ruisseau qu'enjambaient çà et là des ponts de fortune —, fut du jour au lendemain entouré de grillages et de palissades, et en moins d'une semaine ravagé au bulldozer — tout, la minoterie, le bois, les vieux ponts branlants. Il apprit qu'on entreprenait d'édifier là un supermarché destiné au ravitaillement de la ville nouvelle de Créteil, qui ne cessait de croître et prospérer. Des champs voisins avaient été également acquis pour aménager un parking.

Ce fut un choc. Nicolas était à l'âge où l'on apprend à aimer la nature. Et puis c'était de leur domaine que ses copains et lui se voyaient brutalement dépossédés ; ils avaient là disputé des parties de foot, fait sauter des pétards dans des boîtes de conserve ou s'affronter James Bond et le Dr No... Le supermarché sortit de terre et Nicolas, stupéfait, découvrit la laideur de son siècle, brutale, indifférente et violatrice.

À l'entour de Villefleurs, des routes s'élargissaient, des bâtiments nouveaux poussaient, l'ancien bocage cédait la place. En 1977, Nicolas passa le bac et s'en fut à Paris, où il logea dans une chambre de bonne prêtée par une cousine, côté Mazerot. Il n'avait vu que les prémices de la mutation, beaucoup plus profonde, qui devait affecter Villefleurs durant les années suivantes.

*

En 1981 débuta l'implantation, derrière le château et sur des champs qui lui avaient appartenu, d'une zone pavillonnaire d'environ trois cents parcelles. Le terrain fut « viabilisé », des placettes furent tracées et plantées de baliveaux. On édifia en bordure de la zone un groupe scolaire, maternelle et primaire ; l'ancienne école, qui comportait encore ses deux entrées GARÇONS et FILLES, fut annexée par la mairie pour y installer une partie de ses bureaux. En moins de deux ans, trois cents familles vinrent grossir la population de Villefleurs.

C'est dans la même période que le château fut racheté par la commune à ses derniers héritiers. Les vieux murs chargés de lierre qui ceignaient le parc furent abattus. On conserva pour l'ornement la grille principale, dont la ferronnerie avait quelque valeur, et ses pavillons latéraux. Des bancs publics, des poubelles, des jeux pour enfants furent disposés dans les allées du parc. Toutes les fenêtres du château furent remplacées par des baies légèrement teintées. L'intérieur, « réhabilité » et peint en blanc, abrita la salle de judo, les associations, le « club de l'âge d'or » et une modeste bibliothèque municipale.

L'arrivée rapide des trois cents familles sur les trois cents parcelles du lotissement constitua une révolution sociologique. Il y eut désormais deux populations distinctes, que l'on pourrait nommer les archéo-Florvilliens et les néo-Florvilliens. (Car les habitants de Villefleurs s'appelaient les Florvilliens ; François Rubien les appelait *les fort vilains.* Et les *fort vilaines.*)

Les archéo-Florvilliens étaient les familles du pays, et aussi les habitants les plus âgés, la jeune génération locale étant massivement partie travailler en d'autres lieux. Les néo-Florvilliens furent essentiellement des « cadres », dotés d'enfants en bas âge, qui avaient trouvé là des possibilités immobilières en rapport avec leurs goûts et avec leurs moyens.

Ils grossirent les rangs des *parents d'élèves*, tribu que les temps précédents ne connaissaient guère ; et ce furent eux que l'on vit trotter, le samedi matin, avec des tenues de sport fraîches et colorées, dans la forêt voisine et ce qu'il y subsistait en fait de sentiers rustiques. Ils peuplèrent également le pays de deux voitures par foyer en moyenne, ce à quoi les contraignait l'état des transports en commun en Île-de-France et la distribution régionale des « zones d'activités » ; ces voitures encombraient le centre-ville, qui n'était évidemment pas fait pour elles. La réglementation du stationnement fit l'objet de multiples modifications qui n'aboutissaient qu'à de nouveaux inconvénients, ce qui faisait dire à François Rubien qu'on se peignait dans son bonnet.

Il en résulta des mécontentements explicites. Indiscutablement, il y eut et il se maintint une espèce de résistance de la population archéo à la population néo. Résistance sourde, mêlée de mauvaise conscience, puisque l'arrivée des néo avait *boosté* le commerce, majoritairement aux mains des archéo, et engraissé le budget communal. N'empêche qu'une volonté souterraine de demeurer maîtres chez soi se manifesta par divers symptômes.

C'était en particulier très flagrant à l'occasion des élections municipales.

Plusieurs listes s'affrontaient, correspondant en apparence aux grands courants politiques, mais cela ne pouvait tromper longtemps l'observateur. Les tracts nuitamment jetés dans les boîtes aux lettres étaient d'une teneur tout autre, emplis d'allusions sibyllines, de rappels sournois, de perfidies codées, de méchancetés pour initiés, de pierres discrètes jetées dans des jardins cachés aux regards, de sous-entendus pour bons entendeurs, portant sur des histoires d'apparentements, de népotisme, de clientélisme, d'intérêts privés. Ces choses-là sont rudes ; il faut pour les comprendre être né à Villefleurs, y enfoncer même ses racines à deux générations au moins. Mais justement : les néo-Florvilliens n'y entravaient que pouic, et c'était ainsi une unité plus profonde que manifestait le vieux Villefleurs, traçant une invisible frontière entre ceux qui pouvaient comprendre, et ceux qui ne comprendraient rien. Villefleurs se déchirait, mais se déchirait entre soi, et pour ainsi dire en famille.

Les archéo-Florvilliens savaient-ils que c'était un combat perdu d'avance ? Le développement et le règne de la population néo, non seulement à Villefleurs mais à peu près partout dans le monde, n'est pas quelque chose à quoi l'on peut s'opposer. La population de type néo existe partout, et partout elle a tous les droits. À l'échelle mondiale, la population néo va où elle veut, quand elle veut, dans des hôtels et des équipements touristiques (à commencer par les monuments et sites naturels) aménagés à son intention, et il n'est pas question d'y trouver à redire. Il lui faut ses piscines, il lui faut sa crème à bronzer. Il lui faut ses karaokés, il lui faut ses pistes de ski. Il lui faut ses boîtes, il lui faut ses avions, il lui faut ses pizzas et ses plages surveillées. À Villefleurs et dans les lieux analogues, la population néo est chez elle parce qu'elle est là, point final.

À cet égard, Villefleurs confirmait parfaitement les idées du penseur de *l'acte unique* sur le choc de l'avant et du maintenant, et la résorption du temps qui pourrait s'ensuivre. Avec l'arrivée des néo, il devint certain que Villefleurs n'aurait bientôt plus d'« avant », cet avant dont une trentaine de vieillards demeuraient le conservatoire, d'année en année réduit par la mort. L'histoire de Villefleurs en tant que communauté humaine était trop intime et retirée pour intéresser qui que ce fût, et de toute manière, pour les raisons que l'on vient d'exposer, les archéo la gardaient pour eux. Elle mourrait donc avec eux. Inexorablement, Villefleurs entrait dans le maintenant, dans un maintenant sans antécédent, dans un paradis composé d'un « centre ancien pittoresque », de « commerces et tous services », de « RER 5 min », piscine, tennis, golf et ralentisseurs. (Pour les constructions et les jardins : lamellé-collé, placoplâtre, PVC, mezzanines, cheminées avec inserts, systèmes d'arrosage enterrés à champignons.)

Nicolas Rubien, qui se souvenait d'un autre Villefleurs, et que son métier rendait sensible à ces mutations, avait assisté avec étonnement, vers 1995, à un rite singulier apparu à cette époque-là : celui du *vide-grenier.*

*

Annuellement, sous un quelconque prétexte de bienfaisance, le vide-grenier consistait à demander aux particuliers de se défaire, gracieusement, de tous les objets hors d'usage pouvant se trouver chez eux, afin qu'ils fussent vendus au cours d'une brocante.

Alors — et ce ne fut pas le moindre paradoxe de l'archéo-Villefleurs que de se soumettre à cette épuration sans précédent — la petite ville devenait un tapis que l'on bat, un noyer que l'on gaule. Il en tombait :

— de la vaisselle ancienne, ébréchée et dépareillée

— de vieux bouquins (Delly, *OSS 117*, livres de cuisine de Ginette Mathiot, et les *Carnets du vertige* de Louis Lachenal en collection « Mille Soleils »)

— des bibelots

— des jouets d'autrefois, armoire de poupée, petites voitures Norev (en plastique), ou Dinky Toys (en métal)

— des postes de radio

— de faux œufs pour les poules

— des plumiers, des sacoches de cuir, un fer à repasser

— un album pour classer des monnaies

— un clystère à chevaux

— la collection de *Salut les copains* de 1962 et 1963

— de vieux disques vinyle (Aznavour, Pink Floyd, Amalia Rodrigues, Marcel Amont)

— un valet de nuit

— des chaises
— des lampes
— des marandelles
— une embrenne en cuivre
— des gounelles
— deux frelampiers en ferronnerie des années vingt
— un jeu de picasses avec ses gobelets de cuir
— une lessiveuse
— des chaises cannées inspirées du style Louis XVI
— une seuille émaillée
— un portepeine
— un téléphone en ébonite
— un bargnolon
— une luge en bois
— un assortiment de bobèches
— une vieille flanquoire percée
— des castagnettes et un don Quichotte en bois sculpté, en vente dans tous les magasins touristiques de la Costa Brava, vers 1965
— un miroir convexe à cadre d'osier tressé
— une peinture à l'huile représentant la place de l'Église
— un piolet d'alpiniste
— une boîte de biscuits pleine de cadenas
— une cancouelle en terre cuite
— un miséréré (avec son petit tiroir)
— un va-de-la-gueule

— une canne de maquignon
-- un livre de messe
— et puis aussi des photographies anciennes, représentant des gens morts depuis bien longtemps, mais qui pourtant avaient vécu, avaient eu un nom, avaient été chéris de leur mère, de leur mari ou de leur femme, de leurs enfants, de leurs vieux amis, ou détestés par leurs voisins, par leurs rivaux, par leurs victimes, et qui se retrouvaient là, inconnus, avec leurs pauvres têtes graves et leurs fringues bien boutonnées, ancêtres de seconde main bradés à dix francs pour orner les chiottes ou la cage d'escalier d'un cadre technique de chez Unilog Systems.

(Ce cadre technique de chez Unilog Systems, suite à la fermeture du *site* d'Évry, devrait un an plus tard s'installer dans la région lyonnaise où le groupe lui proposerait la sous-direction des achats ; sa femme, en attendant sa *mut'* éventuelle, resterait là avec les enfants ; il prendrait le TGV ; dans la région lyonnaise, il rencontrerait Karine, avec qui il aurait une liaison passionnée, mais déchirante, car le pauvre diable complètement secoué ne se résignerait pas à quitter son épouse, et la belle Karine finirait par laisser tomber l'affaire pour nager vers d'autres eaux, leur histoire reproduisant à peu près le scénario d'une aventure arrivée à François Rubien, le vétérinaire, des années plus tôt, et dont personne ne savait rien.)

Nicolas n'en était pas revenu de voir toutes ces choses, qui sortaient à quatre-vingt-dix pour cent du Villefleurs archéo, ainsi ventilées, dispersées, avec pour destination principale les maisons néo. La mise en vente des photographies le choquait particulièrement. Il estimait qu'on aurait dû brûler ces pauvres morts anonymes. Dans l'ensemble, le fait que les archéo participassent si volontiers à l'opération était surprenant. Certes, tous n'étaient sans doute pas également teigneux, hostiles et pour tout dire frontistes. Et peut-être ne prenaient-ils pas toute la mesure de ce que signifiait le vide-grenier, tout ce monde d'intimités anciennes, d'héritages, de vestiges, jeté sur la voie publique, mis à nu et livré à des regards étrangers, aux regards de l'avenir. C'était gênant comme l'impudicité chez une personne âgée, comme si l'on vidait le sac à main d'une femme — comme si le familial et le privé cessaient d'être un domaine délimité.

On assistait en somme au retraitement des déchets du Purgatoire, à une réquisition générale des objets du passé, suivie d'un tri, en vue d'un nouvel usage ; leur purification, peut-être, une fois qu'ils seraient authentifiés, adoptés, nettoyés, restaurés par les néo.

*

Concomitamment avec ces mutations, Villefleurs fut le théâtre d'un phénomène également nouveau dans son histoire : on avait cessé d'y naître et d'y mourir.

On n'y naissait plus, pour la bonne raison qu'il ne se trouvait pas de « maternité » sur le territoire de la commune. Donc, alors même que la population croissait régulièrement, plus personne bientôt ne pourrait se dire *fort vilain.*

On n'y mourait pas non plus, puisqu'il ne s'y trouvait pas davantage d'hôpital.

Certes, il y a encore aujourd'hui des enterrements au cimetière de Villefleurs, dans la mesure où de nombreuses familles y possèdent une concession. Ces concessions, ces tombes, font en dernière instance le départ entre archéo- et néo-Florvilliens. Les néo ne se trouvent là que par le hasard de leur lieu de travail et de leurs aspirations à la petite propriété individuelle. Une grande partie d'entre eux est originaire de province. Que deviendront-ils une fois morts? Certains, peut-être, auront obtenu une concession ici, encore que la mairie n'ait enregistré aucune demande de ce genre; et de toute manière cette éventualité ne rend pas fondamentalement compte du problème. De deux choses l'une : ou bien ces morts futurs seront réexpédiés dans leur localité d'origine, où leurs familles posséderont encore des tombes. Ou bien ils seront incinérés et deviendront par conséquent portables, comme des téléphones ou des ordinateurs. La cause crématiste ne cesse de marquer des points, et bien des signes indiquent que les cimetières appartiennent à une civilisation révolue.

Ce qui se profile autour de la question des tombes flotte également à l'entour des maisons. En tant qu'architecte, Nicolas connaît parfaitement ce problème, que nombre de ses confrères se posent, ainsi que les urbanistes. Le cas de Villefleurs est paradigmatique. Les trois cents maisons du lotissement, construites en même temps, ont été occupées d'un coup par des gens appartenant tous à la même « tranche d'âge ». Il est fort probable que lorsqu'ils « partiront en retraite », selon l'expression consacrée, ils mettront massivement ces maisons en vente, dans un même laps de temps, que l'on peut évaluer à cinq ans. Ceux qui, d'aventure, mourront là, légueront ces maisons à leurs enfants, lesquels, selon toute probabilité, n'habitant plus Villefleurs et n'ayant pas la perspective d'y revenir, n'auront d'autre souci que de s'en défaire. La grande banlieue de Paris (et d'autres villes) se verra donc inondée d'une offre immobilière gigantesque, ce qui bien entendu fera chuter les prix. Mais, même à bas prix, qui sera preneur de ces constructions démodées, de qualité douteuse, déjà pleines de fissures et de gouttières ? Nul ne le sait, d'autant plus que les constructeurs, soucieux de ne pas voir leur marché se ratatiner, auront anticipé le mouvement, et probablement imaginé des solutions permettant de proposer du neuf.

De vastes friches habitables et désertées se formeront un peu partout. Et ces étendues visibles sur les cartes de l'IGN comme autant de proliférations cellulaires, seront probablement rasées, emportant avec elles des enfances, des amours, des bonheurs, etc.

Le dernier chapitre de l'étude qui rendrait compte des mutations de Villefleurs devrait évidemment porter sur les modes de vie sexuelle de ses habitants. De façon succincte et imagée, on pourrait dire que la sexualité à Villefleurs, au cours de ces années, a subi le même traitement que le château. Dans le Villefleurs archéo, qui vivait sous le régime du péché originel, elle s'apparentait à un domaine sombre, reclus derrière des murs et des fourrés, avec des portes closes, des cadenas, des soupentes obscures, des placards à cadavres ; la rétention, la convoitise, le vice, le secret, l'interdit en étaient les points cardinaux. Dans le Villefleurs néo, à l'inverse, on a tout aéré, éclairé, débarrassé, repeint, réhabilité, jardiné, mis en conformité avec les normes européennes ; prévalent la sérénité, l'épanouissement, l'hygiène et quelquefois l'ennui, si bien qu'aux dernières nouvelles, on s'orienterait vers le *glauque*. Récemment un homme est mort, pendu à sa mezzanine de chez Leroy-Merlin. On a parlé de suicide, mais François Rubien, qui connaît à peu près tout le monde dans le pays, et en particulier les gendarmes, affirme que c'est une séquence érotique qui a mal tourné. Le diable n'a pas dit son dernier mot.

XI

L'ARCHITECTE

Il y avait également des photographies dans l'appartement de Nicolas au-dessus des bureaux de son cabinet d'architecte. Notamment trois photos punaisées dans la chambre, sur le plâtre du mur : son père, lui-même, et son fils Greg — tous les trois vers douze ans.

François Rubien dans une cour d'école, avec une chemisette à manches courtes, un short et des bretelles, souriant avec à la fois malice et candeur.

Nicolas, posant sur un vélo manifestement neuf, un pied à terre, l'autre prêt à pousser la pédale.

Et Gregory, son fils, en couleurs et en gros plan, les cheveux mouillés, les épaules nues, à la plage ou à la piscine, dans sa splendeur innocente de beau gamin.

La première fois que Louise était venue chez lui, comme il revenait de la cuisine, il l'avait trouvée assise en tailleur sur le lit, considérant ces trois photos.

— Ah, tu admires le club…

— Un club ?

— Ouais… Un genre de club. Une société secrète qui compte trois membres. Mon père, moi et Greg.

— C'est pas très clair.

— Non… Pour moi non plus… Mais j'aime bien nous voir ici tous les trois.

Il s'assit près d'elle. Sa cigarette lâcha sur le drap un tronçon de cendre qu'il balaya d'un revers de main.

— J'aime beaucoup mon père. Je te l'ai dit : je pense à lui comme si j'avais à le défendre ou à le venger.

— De quoi ?

— Je ne sais pas.

— T'en as jamais parlé à un psy ?

— Et puis quoi encore ? Ça les regarde ? J'ai pas le droit ? Mon fils, c'est autre chose. Je ne sais pas très bien comment le rejoindre, souvent je m'en veux… On joue au billard, on regarde un DVD de thriller ou des trucs comme ça… Je l'emmène quelquefois sur mes chantiers. Je ne sais pas trop ce qu'il pense. Chez moi, on est un peu des huîtres de père en fils, tu sais… Et puis il faut bien le dire, je n'ai pas été le père idéal…

Il s'interrompit. Elle s'abstint de reprendre

la parole, pour une fois qu'il semblait en humeur de confidence.

— Quand je nous regarde tous les trois avec nos douze ans, reprit-il, c'est comme si nous étions le même, comme si nous partagions alors un secret que toute la vie voudrait détruire... Et c'est pour ça qu'on est alliés, chacun tour à tour fils et père. Je ne sais pas trop comment te dire... Ces garçons de douze ans feront des hommes, et ils subsisteront à l'intérieur de ces hommes, pour leur dire quelque chose. Ce sont trois petits soldats qui ne savent pas encore quelles guerres ils auront à mener...

Les yeux de Louise lui souriaient avec une lueur spéciale qu'il remarqua. Il changea de sujet. Elle songea à la pudeur masculine, à tout cet amour qui ne sait pas se dire — peut-être cela vaut-il mieux.

C'est là, boulevard Diderot, qu'il avait dû à son tour, conformément à leur règle du jeu, évoquer sa vie conjugale. « Moi je t'ai tout dit, alors toi aussi tu vas me raconter, comme il faut. »

Oui, c'était vraiment comme si quelque chose de la vie n'avait jamais pu être dit à personne, parce que cela ne pouvait être entendu de personne d'autre jusque-là. Les bonheurs, les conflits, les désarrois, les victoires secrètes, les anciens accidents attendent le récit. Ce qui n'a pu être accueilli par une conscience alliée est comme piétiné, méprisé, interdit d'humanité. Celui qui n'a pu s'épancher va vers sa mort tout seul.

On a soif de confession — ce mot n'étant que le synonyme humble de la revendication.

— J'ai fait ce qu'on aurait appelé autrefois un bon mariage. On aurait dit à Vernery que je « faisais le gendre », ou que je m'étais « mis les pieds au chaud ». Je ne l'ai pas fait exprès. Je n'étais pas un jeune homme qui eût ce genre de motivations peu avouables. Mireille était jolie, nous étions amoureux, et son papa plein aux as m'a été fort utile dans mes débuts d'architecte, c'est ainsi.

Ayant payé tribut à l'air du temps avec quelques années de fête, d'idées féministes et de petits copains, Mireille avait envie de créer un couple stable et une famille. Elle fut très heureuse de me présenter, d'*officialiser* comme on dit (mot horrible), d'organiser le mariage et notre vie commune.

Dès lors, je fus nanti de beaux-parents, ainsi que d'une tripotée de beaux-frères et de belles-sœurs, tous plus sympathiques et ennuyeux les uns que les autres, dans un chassé-croisé permanent de clefs de chalet à Avoriaz, de braisiers à Chatou et de fins de semaine en Normandie. On parlait de golf, d'actions boursières et de la voiture de l'année. Tout ce monde tapait sur Mitterrand au moment du fromage, l'immobilier normand s'était effondré après 81, et moi je faisais la gueule parce que j'étais « quand même de gauche », comme on disait.

Nous eûmes notre fils. Nous habitions boulevard Saint-Michel, à deux pas du Luxembourg, un de ces appartements d'angle dont l'arrondi ménage d'élégantes réceptions à portes revêtues de miroirs.

Je me suis assez bien identifié à tout cela au départ. J'admirais particulièrement la maison de Honfleur, un chef-d'œuvre d'architecture balnéaire Belle Époque, *belonging to the queen mumm*, car il y avait du côté de sa mère de ces Anglais qui peuplaient déjà le littoral normand sous Louis XVIII.

Beau-papa présidait la Serap, c'est-à-dire des autoroutes, deux chaînes hôtelières, une société de restauration collective, ainsi que des villages de vacances en *joint venture* avec des Hollandais. Mon cabinet d'architecture prit son envol grâce à lui. Je dessinai des bungalows entre Soulac et Montalivet, puis des aires de repos sur l'autoroute Metz-Besançon, et enfin nous créâmes Viaggiotel. Tu as déjà vu des Viaggiotel ? Eh bien, Viaggiotel, c'est moi. Primitivement, ils cherchaient une idée de genre américain, « trip », « travel », mais comme Tripotel ou Travelotel ça pouvait porter à rire, j'ai suggéré une autre idée. Tout ça se trouvait principalement relié aux autoroutes Serap, côté sud-est. J'ai donc proposé une référence italienne, le côté via Aurelia, *I Vitelloni*, les Lancia, Claudia Cardinale, les Cinque Terre, enfin tout ce toc de pizzeria. Je les ai frimés à bloc en leur exposant ça au restaurant, et en dessinant une façade sur la nappe, qu'ils ont découpée. Ils n'en revenaient pas de mon brio. Ça marche toujours, le coup du gribouillis. Niemeyer a bluffé tout le PCF avec un paquet de Gitanes déchiré. Tu leur griffonnes une merde en trois coups de stylo entre le cendrier et la bouteille de San-Pé, et ils se figurent qu'ils viennent de rencontrer Bramante, affirmation d'ailleurs excessive car ils ne savent pas qui était Bramante. L'après-midi, j'ai envoyé leur assistante à la librairie Fontaine, me chercher un gros volume sur Palladio, et j'ai conçu les éléments modulaires de Viaggiotel. Quand je pense que j'ai bâti ces cochonneries, moi, le descendant direct du *Postillon d'argent* rue de Belleville, c'est à aller se faire sauter le caisson devant une chapelle romane. Ces gens-là nous interdisent de construire, tu sais. De même qu'ils interdisent quand ils le peuvent aux chanteurs de chanter, aux cinéastes de filmer, aux écrivains d'écrire. Ce qu'ils veulent, c'est toujours du faux. On devrait étudier de près le rapport organique de l'investissement capitaliste avec la falsification, du camembert aux îles grecques en passant par les matchs de football. Le malentendu, c'est que pour moi, un hôtel, c'est un hôtel, tandis que pour eux, c'est un mécanisme à faire tant de CA par jour, ils n'en ont rien à foutre de ce que l'on flanque dans le panorama, du moment que le mec qui passe en voiture a l'œil attiré par un prix écrit en gros.

C'est banal : j'étais pris dans un mécanisme d'argent, je gagnais bien ma vie en faisant tout autre chose que ce que je voulais. La possibilité d'accéder un tant soit peu au genre d'intervention que j'aurais aimé avoir sur l'architecture était sans cesse remise aux calendes grecques. Ma collection de ponts, ma pauvre collection de ponts, naquit à cette époque.

Sa « collection de ponts » : quelque deux cent cinquante clichés destinés dans son esprit à devenir un livre, pour la réalisation desquels il avait à ses moments perdus parcouru la France, suivi des jours entiers le cours des fleuves et rivières, pataugé dans des lits de vase et de cailloux, trébuché sur des rives ronceuses afin de trouver le bon angle, d'isoler le détail dit « intéressant » d'un parapet, d'une pile ou d'un enrochement. Des ponts romains, des ponts médiévaux bossus et tout tordus, des ponts en ferraille, des ponts tournants.

— C'est en faisant la collection des ponts, au fil de mes voyages en province, que j'ai eu l'idée d'entreprendre celle des relais de poste. Le XVIIIe siècle a vu accomplir un effort sans précédent de développement du réseau routier. L'École des ponts et chaussées a été créée sous Louis XV ; et figure-toi que c'est sous Louis XVI qu'on a fait la première expérience de goudronnage. Bref, on trouve encore à l'entrée de chaque patelin, si l'on suit les nationales, ces grosses bâtisses avec leur portail et leur cour, qui la plupart du temps, deux siècles après, sont encore des hôtels-restaurants, dans certains cas aussi des garages automobiles.

Ça me changeait les idées... Quand j'avais le temps, je classais les photos, je rédigeais des commentaires, je rêvassais là-dessus. Et je me faisais chier, voilà, disons-le crûment. Un jour, au bout de huit ans de cet inconfortable confort, je suis rentré chez moi boulevard Saint-Michel, Mireille était restée à Honfleur, j'étais revenu pour vingt-quatre heures à cause d'un contrat à signer. Je suis monté à l'appartement avec mon sac de voyage, je suis entré, j'ai refermé la porte et... tout s'est écroulé d'un coup.

J'ai balancé le sac, j'ai marché dans l'appartement. Je me suis mis à suffoquer. Mais vraiment suffoquer. Inexplicable. Je haletais comme un clébard à la chasse. J'ai pris un verre, puis soudain j'ai eu une envie dévorante de foutre des coups de pied dans tous les meubles et tous les murs. Ce soir-là j'ai vidé les deux tiers d'une bouteille de tequila. Ça vous flingue bien les neurones, la tequila, je ne sais pas si tu as remarqué. Je ne sais plus ce que j'ai raconté. J'ai sangloté, gueulé, juré. Je ne sais plus... Mais quand je me suis réveillé à l'aube, sur le canapé, j'étais un étranger chez moi. Et je voulais devenir architecte.

Dans les mois qui suivirent, je fus fermé, silencieux, certainement très désagréable. Je me comportais mal quand il fallait fréquenter la famille ou les amis, je faisais des réflexions dites « malsonnantes », comme autrefois mon père à Vernery. Et j'ai eu l'impression que Mireille ne réagissait que par conformisme, que ce qu'elle me reprochait, c'était uniquement de n'être pas convenable. Ce reproche est sans doute injuste : elle ne savait tout simplement plus par quel bout m'attraper.

Je passe sur les détails. Ça a traîné, puis je crois qu'elle s'est découragée. Lorsqu'elle a eu une aventure avec un copain de son frère et qu'elle a eu la singulière inspiration de me l'avouer, je me suis jeté là-dessus comme un naufragé sur une bouée. C'était le prétexte parfait. Je suis parti. Il faut dire que sur le plan économique, je dépendais alors beaucoup moins de la Serap.

— C'est à ce moment-là que tu as couché avec une de tes belles-sœurs ?

— Ah, c'est vrai, je t'ai mentionné ça. Oui, c'est à ce moment-là.

— Raconte.

— Oh, c'est trois fois rien...

— La belle-sœur ! Je veux la belle-sœur.

— C'est vite raconté. En fait, de toute la bande, c'était avec elle que j'avais toujours le moins parlé. Je ne parlais déjà pas beaucoup aux autres... Mais enfin, elle et moi, il me semble qu'on s'ignorait particulièrement.

— Elle était bien ?

— Oui, plutôt... En fait je ne lui avais jamais prêté spécialement attention... Et bon, on s'est téléphoné un soir à cause d'une histoire de vacances, elle devait emmener Greg et récupérer des affaires à lui qui se trouvaient chez moi ; elle est venue, on a un peu parlé, j'ai proposé de boire un verre, puis on a fait l'amour. Elle est partie vers deux heures du matin et nous n'avons jamais recommencé. Voilà toute l'affaire ! Mais j'ai repensé à ça quand tu m'as raconté tes histoires de club de yoga ; la façon dont le désir se met à circuler entre les gens. Pourquoi elle s'est jetée à ma tête, à ton avis ? Parce que j'étais devenu excitant. J'étais désormais libre ; elle voulut me montrer qu'elle non plus ne se résumait pas à ses différentes fonctions de mère, d'épouse, de belle-fille. De la famille et des mariages considérés comme machines à immobiliser le désir... Puis il y avait peut-être une rivalité secrète avec Mireille, je ne sais pas... Elle n'a rien dit, de toute façon. Elle m'a fait son grand jeu, et puis voilà.

— Son grand jeu, vraiment ?

— Ah ouais... Je pense d'ailleurs qu'elle avait dû le décider à l'avance... Les sous-vêtements d'enfer et tout, tu aurais vu...

— Et tu n'as pas cherché à remettre ça ?

— Bof, non. Mais ça m'a réellement fait plaisir. C'était drôle. J'aurai eu la satisfaction de dire *ciao* à cette bande d'ennuyeux en me tapant une des belles-sœurs.

Surtout, j'avais d'autres préoccupations en tête.

C'est effrayant, rétrospectivement, à quel point je n'ai rien à dire de ces huit années. Je ne reconnais plus très bien celui que j'étais. Voilà quelque chose qui m'étonne toujours : on sent bien qu'on reste le même, mais quand on se revoit à certaines époques de sa vie, on a l'impression qu'on était déguisé. Peut-être après tout qu'on ne fait jamais que changer de déguisement...

Mireille ne supportait pas que je dénigre l'architecture que je faisais ; elle s'en alarmait, elle se donnait un mal de chien pour me convaincre du contraire, comme si elle sentait que sur ce point précis reposait (autrement dit : risquait de s'écrouler) tout l'édifice social et familial que nous avions bâti.

Mon architecture était de la déco en fausse pierre, mon mariage était de la déco en fausse pierre, j'étais de la déco en fausse pierre.

Voilà... Un appartement déglingué se libérait au-dessus de l'agence, ça tombait bien... Et je suis venu m'installer boulevard Diderot.

Cet appartement avait beaucoup frappé Louise. « On a l'impression que tu veux habiter ton cabinet d'architecte », avait-elle dit la première fois qu'elle s'y était trouvée. Remarque pertinente. Nicolas avait fait relier l'appartement et les bureaux par un escalier à vis ; il y avait des tables à dessin en haut, et une kitchenette en bas ; une douche en bas et des archives en haut. Il avait fait réinstaller toute l'électricité et la plomberie ; mais les murs étaient demeurés de plâtre nu et les livres restaient empilés sur des étagères métalliques de chez Castorama, en même temps que la vaisselle ou les paires de chaussures. Des années après, il vivait toujours dans ce provisoire.

— C'est vrai, ça fait un peu camping... Mais le camping, c'est aussi une question d'architecture, non ? Je ne voulais plus de ce dans quoi je m'étais construit, je voulais recommencer. Je reniais tout le travail que j'avais fait. J'ai eu envie de tout réapprendre. C'est à ce moment que j'ai accepté un enseignement d'histoire de l'architecture. On ne devrait pas enseigner si ce n'est pas pour apprendre, et je te l'ai dit, je voulais devenir architecte. C'est dans cette période aussi que j'ai commencé mes cahiers...

Ses cahiers. Louise avait feuilleté ces beaux

grands cahiers de papier à dessin un peu rustique, qu'il allait acheter spécialement dans une papeterie du XIVe. Elle y avait vu des croquis, des calculs, des remarques sur le rythme, des citations, des dessins érotiques, des photos découpées ici ou là et collées. Il avait aussi créé un petit personnage, semblable aux pantins de bois articulés qui peuvent prendre toutes les positions du corps humain, dont se servent les peintres et les dessinateurs. Ce personnage sans nom se promenait dans des ébauches de perspective, descendait dans des tombeaux, paraissait au fond de vastes galeries, comme entraîné dans d'indéchiffrables aventures.

Il voulait revenir au début, inaugurer le premier tracé, le *gestus* initial du bâtisseur. Il calligraphiait les racines indo-européennes du mot architecte. Il songeait aux proportions des temples grecs. Il fonda des villes. À reculons dans sa pénombre, il retrouva les fantômes de Ledoux et de Piranèse.

*

À quatorze ans, il avait vu pour la première fois des eaux-fortes de Piranèse ; puis il avait découvert, un peu plus tard, les grandes planches d'architecture utopique de Claude Nicolas Ledoux.

Ces univers fantastiques de monuments inimaginables, ces villes potentielles, sans temps ni lieu, ces labyrinthes de ruines, d'arches, de statues, de tombeaux, ces perspectives vertigineuses, ces constructions écrasantes où circulent les sujets d'un empire inconnu, lui avaient infligé une commotion sans pareille, un big bang de l'imaginaire.

Il avait senti à la première seconde qu'il avait partie liée à cela. C'était comme une vocation. Une voix d'outre-temps prononçait pour lui, du fond de ces escaliers et de ces portiques, les formules secrètes des fils de Hiram. Il serait, il devait être, l'architecte. Il édifierait la ville humaine. Il serait ce démiurge, cet ordonnateur invisible.

Étrangement, dès le premier choc, ce sentiment de parenté s'était mêlé de nostalgie. Ces imaginations titanesques n'avaient pour force que celle qu'on trouve dans la déroute. Ces créateurs exprimaient sans le dire une opposition au monde réel ; ou plus exactement, ils provoquaient, ils appelaient l'opposition du monde à leurs visions. Il le sentait sans pouvoir l'énoncer. L'échec les désignait de son doigt d'ombre. Ils avaient été des parias.

Piranèse dort au cœur de Rome, dans cette ville dont il a arpenté toutes les ruines et toutes les ruelles, considéré toutes les splendeurs et toutes les hideurs, mesuré tous les piédestaux et gravé toutes les vues. Piranèse : un architecte qui n'a rien (ou à peu près rien) édifié. Piranèse : le rêve avorté d'une grande architecture conçue comme institution d'un monde. Les personnages à échelle réduite qui déambulent dans ces ruines sont les représentants d'un peuple dégradé ; ils contemplent des souvenirs qui les dépassent de loin — ou, ce qui est pire, ils n'ont pas un regard pour eux. L'architecture, pour Piranèse, réside dans un passé lointain ; elle n'a plus de lieu que dans les ruines ou dans la rêverie des *Caprices* ou des *Prisons*.

Ledoux, c'est l'architecte chassé de la cité, *refoulé*, repoussé avec la qualification d'utopique hors du monde réel que voulaient les hommes. Il fallut longtemps à Nicolas pour étudier de près sa vie et son œuvre ; mais ce mouvement d'exclusion qu'il avait senti dès le premier instant, tout le lui confirma.

Du grand nombre de bâtiments conçus par Claude Nicolas Ledoux (1736-1806), la majeure partie ne furent pas édifiés ; de ceux qui furent édifiés, la majeure partie furent détruits.

Ne furent pas réalisés : le château de Louveciennes, les projets d'urbanisme pour Neuchâtel, Cassel, Aix-en-Provence, Arc-et-Senans ; les bâtiments édilitaires dont il présenta la théorie et les exemples dans son grand livre inachevé *L'Architecture considérée sous le rapport de l'art, des mœurs et de la législation.*

Subsistent à Paris : quatre stations d'octroi

du mur des fermiers généraux; deux ou trois hôtels particuliers; quelques maisons de la rue Saint-Georges. En province, le théâtre de Besançon, les Salines royales d'Arc-et-Senans, et, près de Caen, le château de Bénouville. On sait également qu'il construisit plusieurs églises en Bourgogne, Champagne et Franche-Comté, et probablement des ponts.

Enfin, furent détruits : l'hôtel d'Uzès; l'hôtel de Montmorency, à l'angle du boulevard des Capucines et de la rue de la Chaussée-d'Antin; la maison de Mme de Thélusson, veuve d'un banquier suisse associé de Necker, édifiée en 1783 au coin de la rue de Provence et de la rue de la Victoire, maison qui fut une curiosité dont parla tout Paris; le pavillon édifié en 1770-1773 pour la danseuse Guimard rue de la Chaussée-d'Antin (surnommé « le temple de Terpsichore », décoré par Fragonard, il fut sacrifié en 1860-1867 à l'aménagement de la place actuellement nommée d'Estienne-d'Orves) ; le mur des fermiers généraux et ses pavillons d'octroi (la plupart durant la Révolution; ceux de l'Étoile en 1860; ceux de la place d'Italie en 1877) ; les châteaux de Maupertuis et de Montfermeil. Signalons enfin que le dernier propriétaire privé des anciennes Salines royales avait entrepris de faire sauter à la dynamite le pavillon central, avant que la puissance publique n'intervînt pour assurer la sauvegarde de l'ensemble.

D'où provenaient les sentiments de compassion et de connivence qu'éprouva Nicolas pour cette destinée, au fur et à mesure qu'il en prit connaissance ? Tout se passait comme si, dans cette série de démolitions effectuées à des dates différentes et pour des raisons différentes, se déroulait une intrigue commune, bien autre chose que l'effet du démodement, ou de la sanction frappant une architecture aberrante, hors de propos. Cet étrange et apparemment involontaire acharnement de l'avenir contre Claude Nicolas Ledoux vient accuser et parachever le caractère utopique de la plus grande part de son œuvre ; caractère qu'elle assume et peut-être, en secret, recommande.

Les morts sont là... Ils ont quelque chose à dire. Et peut-être parfois, ils *nous* veulent. Ils ont besoin de nous. Ils nous choisissent. Il se sentait l'héritier désigné par ceux-là, l'infortuné qu'ils avaient élu pour messager et pour porteur de leur malédiction. De même qu'il avait été le témoin, plus tard, chez celle qu'il appelait Immola, de l'écrasante présence du père mort, dont les volontés étaient accomplies, il se pouvait qu'il fût, lui, le serviteur de ces morts-là.

Ces rêveries s'étaient formées en lui précisément à l'époque où les bulldozers anéantirent « sa » ruine, près de Villefleurs, sa fabrique oubliée à côté du ruisseau, arrachant les arbres, les fourrés, ravageant le terrain, aplanissant tout pour l'édification d'un supermarché et d'un parking. Il y a des gens qui naissent dans l'opposition : le monde qui advenait en même temps que lui ne pourrait pas être le sien.

Il parle, il parle longtemps à Louise de ces songes anciens conçus par un adolescent, et dans lesquels, trente ans plus tard, l'homme accompli, advenu, se reconnaît, comme si l'essentiel d'une vie avait été défini dès ce moment :

— L'architecture de Ledoux fait peur, car elle montre le pouvoir de l'architecte, elle est un hymne à l'architecte. Elle lui donne le premier rôle. Elle parle ainsi de ce qui est l'affaire de toute architecture : un perpétuel combat avec la société vivante. Les villes utopiques sont des effets de pouvoir, que les peuples rejettent d'instinct. On n'a cessé de s'interroger sur la signification des fantastiques prisons de Piranèse : elles pourraient bien constituer l'aveu qu'une architecture livrée à elle-même, en état de rejoindre sa postulation, sa source, son centre, ne peut être autre chose qu'une geôle. Ledoux meurt en 1806, léguant son grand livre d'architecture au tsar Alexandre — le symbole de l'autocratie. Moins de trente ans plus tard, Victor Hugo place un livre imprimé au pied de Notre-Dame et dit : « Ceci tuera cela. » Autrement dit le livre, l'instruction, la démocratie liquideront le théologique, le monumental, le supra-humain. Sais-tu qu'à Bruxelles le mot

« architek » a été pendant des décennies une injure ? Cela à cause de Poelart, qui fit raser plus de mille logis populaires pour édifier le monstrueux palais de justice, au-dessus des Marolles. Les grandes architectures sont nées des grands pouvoirs politiques ou spirituels. L'architecture, c'est du pouvoir qui se voit.

Le fantasme de l'architecte, c'est d'organiser le monde autour des hommes. Et non seulement le monde, mais le temps. Il édifie de la permanence, dans laquelle déambuleront les générations. Les temples grecs, les églises médiévales, la grande architecture édilitaire des Romains puis du XVIIIe siècle jouaient ce rôle : manifester autour de chaque individu la substance et la logique d'un monde humain créé. Longtemps, le monde humain aura été tracé par des architectes, le visible institué par les peintres, le langage instauré par les poètes. Ce temps est fini. Architectes, peintres et poètes ne sont plus les *instituteurs* d'aujourd'hui. Ce n'est plus l'architecture qui organise l'espace mental.

Cette fonction s'exerce toujours, mais elle est le fait d'autres instances ; et à mon avis, elle ne repose plus sur le monumental, mais sur le circulatoire. Si la pyramide du Louvre a tant fait parler, ce n'est pas à cause du fait que les uns la trouvent hideuse et les autres bienvenue ; c'est parce qu'elle constitue un parfait symbole : c'est un édifice fragile, à la limite démontable, dont la seule fonction est de ventiler la circulation des visiteurs. C'est de cela qu'on a débattu sans le savoir, à propos de la pyramide : le passage du monumental au circulatoire, incarné justement dans la forme la plus monumentale qui soit – transformée en son contraire ! Mais tout est comme ça, c'est là-dessus que le monde fonctionne. Circulatoires, les autoroutes, les gares de TGV, les aéroports, le système de distribution des biens de consommation, l'industrie du tourisme, l'informatique en réseaux, la télévision, la téléphonie. Les architectes du temps, ceux qui créent la maison humaine, sont là ! Il faut se demander pourquoi Bouygues, qui était un bâtisseur, s'est jeté sur la téléphonie mobile. Ce n'est ni une fantaisie ni un hasard.

L'architecte est foutu... Certains hommes ont des aptitudes correspondant à ce qu'attend leur époque. Leurs capacités ou leurs inclinations propres, spontanées, rencontrent des besoins ou des fantasmes du temps, et leur valeur s'envole comme à la Bourse. Un pauvre diable des favelas, qui n'est bon qu'à taper dans une balle, devient une star mondiale parce qu'il naît dans un moment où le football focalise le désir de millions de gens. Une petite frappe mal élevée, pas trop intimidée par une caméra, devient un roi de la télévision. Un petit bricolo américain qui s'intéresse aux ordinateurs devient l'homme le plus riche du monde.

Moi, je fais partie des gens qui exercent une fonction dégradée.

Et c'est pour ça qu'il faut revenir aux points de départ. Un créateur, c'est quelqu'un qui refabrique son langage en repartant de rien, des premiers balbutiements. Tu as vu, derrière l'église de Vernery, la statue de l'architecte : cet homme sans visage, cette silhouette rongée, indiscernable, comme une esquisse de Giacometti ou une peinture de Bacon. Mon destin passe par cet être sans visage. Très loin, très loin de tout. Loin du jour, loin du bruit des villes, loin des paroles multipliées, loin des images aux couleurs éclatantes, ciels, visages souriants, loin des foules ambulantes, migrantes, rassemblées puis s'écoulant, se dissociant pour reformer d'autres foules à d'autres carrefours... Nous avons un visage d'ombre. Nous sommes d'abord une présence sans nom, cet être qui n'est pas encore au monde, cet être latent pas encore saisi par les mots, par les sens, par la circulation de tout, par l'institution de tout, pas encore formé, modelé, interpellé, exposé, explosé. Cet être appelé bientôt à jouer une partie dont il ne sait pas la règle, à trébucher dans les mots, à ne pas comprendre ce qu'il éprouve, à être institué dans un sens qu'il ignore.

C'est à lui que je suis renvoyé. Je suis un homme traversé par le monde. C'est pour ça qu'il me faut retourner à l'esquisse, aux points de départ. J'ai monté une affaire qui marche à peu près, le bureau à Bruxelles, les réhabilitations, tout ça… Mais je m'en fous, c'est juste pour survivre… Le vrai architecte, ou le vrai moi, c'est celui que tu vois dans ces cahiers, c'est celui de l'ombre. Du visage d'ombre. Celui qui assume le fait de la destruction, celui qui se laisse traverser, exploser la gueule… C'est dans ma déconstruction que j'existe… Dans ce pari que toute défaite est l'ombre d'une victoire.

*

Louise écoutait, ou pour mieux dire elle tentait d'entendre, dans ses paroles, quelque chose qui ne s'y disait pas de façon explicite, mais qu'elles portaient.

Exploser la gueule. Il avait déjà employé cette expression une fois : en parlant de celle qu'il appelait Immola. Comment avait-il dit ? « Tu te rends compte, un type intéressant et valable comme moi, se laisser exploser la gueule par une pétasse… » Enfin, quelque chose comme ça.

Elle comprenait mal ces histoires de dépossession et de visage d'ombre, d'opposition au monde, d'échec d'avance pressenti. Ou plutôt, elle comprenait très bien, mais elle se demandait pourquoi il devait en passer par là.

Très parleur, très discoureur — et cette fragilité, ce tremblement.

Louise cherchait, au fond de tout ça, une vérité affective.

Elle notait qu'il avait tendance à boire sec. Il ne cachait pas qu'il lui arrivait de se prendre des cuites sévères. Et il fumait pas mal, aussi.

Exploser la gueule.

Cela l'étonnait. Le déséquilibre, le désarroi lui semblaient être des expériences pour elle, pas pour lui. Louise, positive, dynamique, désirable et se donnant du mal pour le rester, aimant l'argent, les fringues, le bronzage. Et parfois, s'éveillant seule dans la nuit, elle cauchemardait, elle se sentait sur un toboggan, Alexandra partie pour Israël, son père qui avait failli mourir, pas d'homme régulier... Un toboggan, une glissade, le néant au bout. Elle suffoquait de frayeur.

Alors lui, cet homme qu'elle trouvait beau d'intelligence et de force, qui faisait quelque chose de bien, qui, malgré ses râleries, réussissait dans son métier d'architecte, qui avait des tas d'idées (oui, il lui reconstruisait le monde, elle aimait l'écouter) — comment se faisait-il qu'il semblât si enclin à accueillir sa propre destruction ?

Car c'était bien de cela qu'il s'agissait. Nicolas était un homme susceptible d'accueillir sa propre destruction.

*

Oui. C'était là. C'était là qu'il devait revenir. C'était là. Dans cet appartement où il aimait demeurer seul, parfois, des nuits, des jours, entre cigarettes et machine à café, vêtu d'un invraisemblable pantalon de toile déformé, déchiré aux genoux · en ces lieux où la vie de l'homme privé ne se séparait pas d'une rêverie sur l'architecture commencée dans l'adolescence, au temps des premières rencontres avec le monde réel et ses empiétements.

C'était là, devant ses cahiers, parmi ses photos, ses images favorites : la statue de l'architecte, les esquisses de Giacometti, des centaines de traits formant visage. Et les trois photos d'enfants qui étaient bien aussi, à leur façon, des ébauches.

Des idées, des notes. Ces remarques lues il ne savait plus où sur les cinq habitats. Ce type qui expliquait qu'il y a cinq espaces humains correspondant à cinq langages. À retrouver, à relire.

L'esquisse. Résider dans sa propre esquisse. Où l'on s'efforce de retrouver les premiers mots de tout.

Les sources de l'architecture romane. La première idée (qui change tout) du contrefort extérieur.

Adossé à l'ombre, tout reprendre, depuis cette ombre où nous nous sommes éveillés, il y a bien longtemps, sans rien savoir...

Paul Valéry parlait de l'esquisse considérée comme la forme inverse de la ruine, comme *la ruine du futur*. Il y avait de cela dans l'œuvre de Ledoux : la vie réelle des humains réels n'avait pas accepté d'être incluse dans le dessin (le dessein) d'un homme. Ses dessins étaient les vestiges d'un avenir qui n'aurait pas lieu ; et pourtant cet inaboutissement, cette relégation, projetaient du sens sur l'histoire.

L'œuvre, tirée de rien avec la règle, le compas et les nombres, reflète la volonté d'être un dieu. Mais le réel ne veut pas d'un dieu. Il n'y a pas de Logos à même de tout contenir — comme ce mur d'octroi édifié tout autour de Paris, que la Révolution devait jeter bas ; sur un des pavillons de contrôle, une déité présentait des chaînes aux arrivants…

L'œuvre se fait de ce qu'elle perd autant que de ce qu'elle saisit. Et de même, un homme est ce qui reste de sa défaite.

Il s'efforçait de comprendre les termes de cet échange énigmatique. C'était sur ce point d'équilibre instable qu'il se situait désormais, sur ce chemin de crête entre l'aboutissement et la songerie, entre la prophétie et le souvenir, entre l'empire et le renoncement : tout ce qui attendait, dans l'invisible avenir, trois garçons de douze ans figés au cœur d'un instant oublié.

C'était là, désormais, rien de plus à dire.

C'était là.

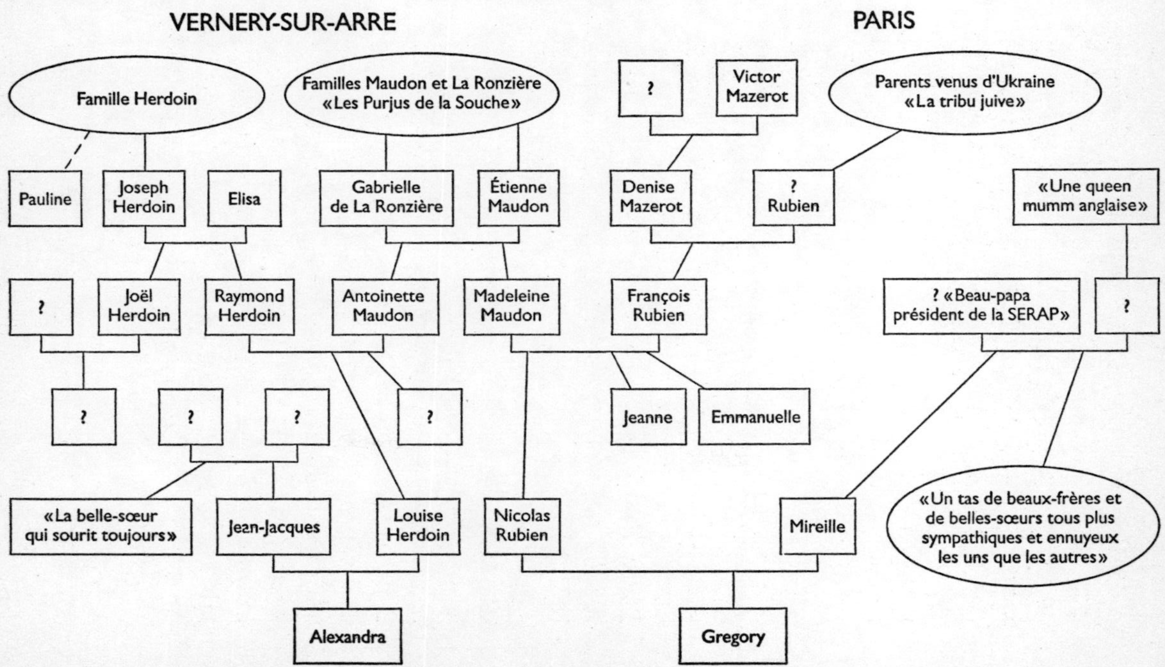
VERNERY-SUR-ARRE
PARIS
Famille Herdoin
Familles Maudon et La Ronzière «Les Purjus de la Souche»
?
Victor Mazerot
Parents venus d'Ukraine «La tribu juive»
Pauline
Joseph Herdoin
Elisa
Gabrielle de La Ronzière
Étienne Maudon
Denise Mazerot
? Rubien
«Une queen mumm anglaise»
?
Joël Herdoin
Raymond Herdoin
Antoinette Maudon
Madeleine Maudon
François Rubien
? «Beau-papa président de la SERAP»
?
?
?
?
?
Jeanne
Emmanuelle
«La belle-sœur qui sourit toujours»
Jean-Jacques
Louise Herdoin
Nicolas Rubien
Mireille
«Un tas de beaux-frères et de belles-sœurs tous plus sympathiques et ennuyeux les uns que les autres»
Alexandra
Gregory

DU MÊME AUTEUR

Aux Éditions Stock

ANIELKA, 1999. Grand Prix du roman de l'Académie française

N6, LA ROUTE DE L'ITALIE, 2000

LE CAS GENTILE, 2001

OPTION PARADIS, La grande intrigue I, 2005 (Folio nº 4592)

TELLING, La grande intrigue II, 2006 (Folio nº 4593)

Chez d'autres éditeurs

LES NUITS RACINE, de Fallois, 1992. Prix Roger-Nimier

MÉMOIRES DE MONTE-CRISTO, de Fallois, 1994

DES HOMMES QUI S'ÉLOIGNENT, Fayard, 1997

ARAGON 1897-1982, QUEL EST CELUI QU'ON PREND POUR MOI ?, Fayard, 1997. Prix de la Critique de l'Académie française

TOUS LES SECRETS DE L'AVENIR, Fayard, 1996

UNE AUTRE LANGUE, coll. « L'Atelier du roman », Flammarion, 2004

JOURNAL DE MARSEILLE, Éditions du Rocher, 1999

LES PARENTS LÂCHEURS, Éditions du Rocher, 2001

BORGES, UNE RESTITUTION DU MONDE, Mercure de France, 2003

IL PROCESSO DI FRANZ KAFKA, Metauro, 2005

BALZAC, Gallimard, coll. « Folio Biographies nº 1 », 2005

COLLECTION FOLIO

Dernières parutions

4065. Raphaël Confiant	*Nuée ardente.*
4066. Florence Delay	*Dit Nerval.*
4067. Jean Rolin	*La Clôture.*
4068. Philippe Claudel	*Les petites mécaniques.*
4069. Eduardo Barrios	*L'enfant qui devint fou d'amour.*
4070. Neil Bissoondath	*Un baume pour le cœur.*
4071. Jonathan Coe	*Bienvenue au club.*
4072. Toni Davidson	*Cicatrices.*
4073. Philippe Delerm	*Le buveur de temps.*
4074. Masuji Ibuse	*Pluie noire.*
4075. Camille Laurens	*L'Amour, roman.*
4076. François Nourissier	*Prince des berlingots.*
4077. Jean d'Ormesson	*C'était bien.*
4078. Pascal Quignard	*Les Ombres errantes.*
4079. Isaac B. Singer	*De nouveau au tribunal de mon père.*
4080. Pierre Loti	*Matelot.*
4081. Edgar Allan Poe	*Histoires extraordinaires.*
4082. Lian Hearn	*Le clan des Otori, II : les Neiges de l'exil.*
4083. La Bible	*Psaumes.*
4084. La Bible	*Proverbes.*
4085. La Bible	*Évangiles.*
4086. La Bible	*Lettres de Paul.*
4087. Pierre Bergé	*Les jours s'en vont je demeure.*
4088. Benjamin Berton	*Sauvageons.*
4089. Clémence Boulouque	*Mort d'un silence.*
4090. Paule Constant	*Sucre et secret.*
4091. Nicolas Fargues	*One Man Show.*
4092. James Flint	*Habitus.*
4093. Gisèle Fournier	*Non-dits.*
4094. Iegor Gran	*O.N.G.!*
4095. J.M.G. Le Clézio	*Révolutions.*

4096. Andreï Makine	*La terre et le ciel de Jacques Dorme.*
4097. Collectif	*« Parce que c'était lui, parce que c'était moi ».*
4098. Anonyme	*Saga de Gísli Súrsson.*
4099. Truman Capote	*Monsieur Maléfique* et autres nouvelles.
4100. E. M. Cioran	*Ébauches de vertige.*
4101. Salvador Dali	*Les moustaches radar.*
4102. Chester Himes	*Le fantôme de Rufus Jones* et autres nouvelles.
4103. Pablo Neruda	*La solitude lumineuse.*
4104. Antoine de St-Exupéry	*Lettre à un otage.*
4105. Anton Tchekhov	*Une banale histoire.*
4106. Honoré de Balzac	*L'Auberge rouge.*
4107. George Sand	*Consuelo I.*
4108. George Sand	*Consuelo II.*
4109. André Malraux	*Lazare.*
4110. Cyrano de Bergerac	*L'Autre Monde.*
4111. Alessandro Baricco	*Sans sang.*
4112. Didier Daeninckx	*Raconteur d'histoires.*
4113. André Gide	*Le Ramier.*
4114. Richard Millet	*Le renard dans le nom.*
4115. Susan Minot	*Extase.*
4116. Nathalie Rheims	*Les fleurs du silence.*
4117. Manuel Rivas	*La langue des papillons.*
4118. Daniel Rondeau	*Istanbul.*
4119. Dominique Sigaud	*De chape et de plomb.*
4120. Philippe Sollers	*L'Étoile des amants.*
4121. Jacques Tournier	*À l'intérieur du chien.*
4122. Gabriel Sénac de Meilhan	*L'Émigré.*
4123. Honoré de Balzac	*Le Lys dans la vallée.*
4124. Lawrence Durrell	*Le Carnet noir.*
4125. Félicien Marceau	*La grande fille.*
4126. Chantal Pelletier	*La visite.*
4127. Boris Schreiber	*La douceur du sang.*
4128. Angelo Rinaldi	*Tout ce que je sais de Marie.*
4129. Pierre Assouline	*État limite.*
4130. Élisabeth Barillé	*Exaucez-nous !*
4131. Frédéric Beigbeder	*Windows on the World.*
4132. Philippe Delerm	*Un été pour mémoire.*

4133. Colette Fellous — *Avenue de France.*
4134. Christian Garcin — *Du bruit dans les arbres.*
4135. Fleur Jaeggy — *Les années bienheureuses du châtiment.*
4136. Chateaubriand — *Itinéraire de Paris à Jerusalem.*
4137. Pascal Quignard — *Sur le jadis. Dernier royaume, II.*
4138. Pascal Quignard — *Abîmes. Dernier Royaume, III.*
4139. Michel Schneider — *Morts imaginaires.*
4140. Zeruya Shalev — *Vie amoureuse.*
4141. Frédéric Vitoux — *La vie de Céline.*
4142. Fédor Dostoïevski — *Les Pauvres Gens.*
4143. Ray Bradbury — *Meurtres en douceur.*
4144. Carlos Castaneda — *Stopper-le-monde.*
4145. Confucius — *Entretiens.*
4146. Didier Daeninckx — *Ceinture rouge.*
4147. William Faulkner — *Le Caïd.*
4148. Gandhi — *La voie de la non-violence.*
4149. Guy de Maupassant — *Le Verrou et autres contes grivois.*
4150. D. A. F. de Sade — *La Philosophie dans le boudoir.*
4151. Italo Svevo — *L'assassinat de la Via Belpoggio.*
4152. Laurence Cossé — *Le 31 du mois d'août.*
4153. Benoît Duteurtre — *Service clientèle.*
4154. Christine Jordis — *Bali, Java, en rêvant.*
4155. Milan Kundera — *L'ignorance.*
4156. Jean-Marie Laclavetine — *Train de vies.*
4157. Paolo Lins — *La Cité de Dieu.*
4158. Ian McEwan — *Expiation.*
4159. Pierre Péju — *La vie courante.*
4160. Michael Turner — *Le Poème pornographe.*
4161. Mario Vargas Llosa — *Le Paradis — un peu plus loin.*
4162. Martin Amis — *Expérience.*
4163. Pierre Autin-Grenier — *Les radis bleus.*
4164. Isaac Babel — *Mes premiers honoraires.*
4165. Michel Braudeau — *Retour à Miranda.*
4166. Tracy Chevalier — *La Dame à la Licorne.*
4167. Marie Darrieussecq — *White.*
4168. Carlos Fuentes — *L'instinct d'Inez.*
4169. Joanne Harris — *Voleurs de plage.*
4170. Régis Jauffret — *univers, univers.*
4171. Philippe Labro — *Un Américain peu tranquille.*

4172. Ludmila Oulitskaïa — *Les pauvres parents.*
4173. Daniel Pennac — *Le dictateur et le hamac.*
4174. Alice Steinbach — *Un matin je suis partie.*
4175. Jules Verne — *Vingt mille lieues sous les mers.*
4176. Jules Verne — *Aventures du capitaine Hatteras.*
4177. Emily Brontë — *Hurlevent.*
4178. Philippe Djian — *Frictions.*
4179. Éric Fottorino — *Rochelle.*
4180. Christian Giudicelli — *Fragments tunisiens.*
4181. Serge Joncour — *U.V.*
4182. Philippe Le Guillou — *Livres des guerriers d'or.*
4183. David McNeil — *Quelques pas dans les pas d'un ange.*
4184. Patrick Modiano — *Accident nocturne.*
4185. Amos Oz — *Seule la mer.*
4186. Jean-Noël Pancrazi — *Tout est passé si vite.*
4187. Danièle Sallenave — *La vie fantôme.*
4188. Danièle Sallenave — *D'amour.*
4189. Philippe Sollers — *Illuminations.*
4190. Henry James — *La Source sacrée.*
4191. Collectif — *«Mourir pour toi».*
4192. Hans Christian Andersen — *L'elfe de la rose et autres contes du jardin.*
4193. Épictète — *De la liberté* précédé de *De la profession de Cynique.*
4194. Ernest Hemingway — *Histoire naturelle des morts* et autres nouvelles.
4195. Panaït Istrati — *Mes départs.*
4196. H. P. Lovecraft — *La peur qui rôde* et autres nouvelles.
4197. Stendhal — *Féder ou Le Mari d'argent.*
4198. Junichirô Tanizaki — *Le meurtre d'O-Tsuya.*
4199. Léon Tolstoï — *Le réveillon du jeune tsar* et autres contes.
4200. Oscar Wilde — *La Ballade de la geôle de Reading.*
4201. Collectif — *Témoins de Sartre.*
4202. Balzac — *Le Chef-d'œuvre inconnu.*
4203. George Sand — *François le Champi.*

4204. Constant — *Adolphe. Le Cahier rouge. Cécile.*
4205. Flaubert — *Salammbô.*
4206. Rudyard Kipling — *Kim.*
4207. Flaubert — *L'Éducation sentimentale.*
4208. Olivier Barrot/ Bernard Rapp — *Lettres anglaises.*
4209. Pierre Charras — *Dix-neuf secondes.*
4210. Raphaël Confiant — *La panse du chacal.*
4211. Erri De Luca — *Le contraire de un.*
4212. Philippe Delerm — *La sieste assassinée.*
4213. Angela Huth — *Amour et désolation.*
4214. Alexandre Jardin — *Les Coloriés.*
4215. Pierre Magnan — *Apprenti.*
4216. Arto Paasilinna — *Petits suicides entre amis.*
4217. Alix de Saint-André — *Ma Nanie,*
4218. Patrick Lapeyre — *L'homme-sœur.*
4219. Gérard de Nerval — *Les Filles du feu.*
4220. Anonyme — *La Chanson de Roland.*
4221. Maryse Condé — *Histoire de la femme cannibale.*
4222. Didier Daeninckx — *Main courante* et *Autres lieux.*
4223. Caroline Lamarche — *Carnets d'une soumise de province.*
4224. Alice McDermott — *L'arbre à sucettes.*
4225. Richard Millet — *Ma vie parmi les ombres.*
4226. Laure Murat — *Passage de l'Odéon.*
4227. Pierre Pelot — *C'est ainsi que les hommes vivent.*
4228. Nathalie Rheims — *L'ange de la dernière heure.*
4229. Gilles Rozier — *Un amour sans résistance.*
4230. Jean-Claude Rufin — *Globalia.*
4231. Dai Sijie — *Le complexe de Di.*
4232. Yasmina Traboulsi — *Les enfants de la Place.*
4233. Martin Winckler — *La Maladie de Sachs.*
4234. Cees Nooteboom — *Le matelot sans lèvres.*
4235. Alexandre Dumas — *Le Chevalier de Maison-Rouge.*
4236. Hector Bianciotti — *La nostalgie de la maison de Dieu.*
4237. Daniel Boulanger — *Tombeau d'Héraldine.*
4238. Pierre Clémenti — *Quelques messages personnels.*

4239. Thomas Gunzig — *Le plus petit zoo du monde.*
4240. Marc Petit — *L'équation de Kolmogoroff.*
4241. Jean Rouaud — *L'invention de l'auteur.*
4242. Julian Barnes — *Quelque chose à déclarer.*
4243. Nerval — *Aurélia.*
4244. Christian Bobin — *Louise Amour.*
4245. Mark Z. Danielewski — *Les Lettres de Pelafina.*
4246. Marthe et Philippe Delerm — *Le miroir de ma mère.*
4247. Michel Déon — *La chambre de ton père.*
4248. David Foenkinos — *Le potentiel érotique de ma femme.*
4249. Éric Fottorino — *Caresse de rouge.*
4250. J.M.G. Le Clézio — *L'Africain.*
4251. Gilles Leroy — *Grandir.*
4252. Jean d'Ormesson — *Une autre histoire de la littérature française, I.*
4253. Jean d'Ormesson — *Une autre histoire de la littérature française, II.*
4254. Jean d'Ormesson — *Et toi mon cœur pourquoi bats-tu.*
4255. Robert Burton — *Anatomie de la mélancolie.*
4256. Corneille — *Cinna.*
4257. Lewis Carroll — *Alice au pays des merveilles.*
4258. Antoine Audouard — *La peau à l'envers.*
4259. Collectif — *Mémoires de la mer.*
4260. Collectif — *Aventuriers du monde.*
4261. Catherine Cusset — *Amours transversales.*
4262. A. Corréard et H. Savigny — *Relation du naufrage de la frégate la* Méduse.
4263. Lian Hearn — *Le clan des Otori, III : La clarté de la lune.*
4264. Philippe Labro — *Tomber sept fois, se relever huit.*
4265. Amos Oz — *Une histoire d'amour et de ténèbres.*
4266. Michel Quint — *Et mon mal est délicieux.*
4267. Bernard Simonay — *Moïse le pharaon rebelle.*
4268. Denis Tillinac — *Incertains désirs.*
4269. Raoul Vaneigem — *Le chevalier, la dame, le diable et la mort.*

4270. Anne Wiazemsky — *Je m'appelle Élisabeth.*
4271. Martin Winckler — *Plumes d'Ange.*
4272. Collectif — *Anthologie de la littérature latine.*
4273. Miguel de Cervantes — *La petite Gitane.*
4274. Collectif — *«Dansons autour du chaudron».*
4275. Gilbert Keeith Chesterton — *Trois enquêtes du Père Brown.*
4276. Francis Scott Fitzgerald — *Une vie parfaite* suivi de *L'accordeur.*
4277. Jean Giono — *Prélude de Pan* et autres nouvelles.
4278. Katherine Mansfield — *Mariage à la mode* précédé de *La Baie.*
4279. Pierre Michon — *Vie du père Foucault — Vie de Georges Bandy.*
4280. Flannery O'Connor — *Un heureux événement* suivi de *La Personne Déplacée.*
4281. Chantal Pelletier — *Intimités* et autres nouvelles.
4282. Léonard de Vinci — *Prophéties* précédé de *Philosophie et aphorismes.*
4283. Tonino Benacquista — *Malavita.*
4284. Clémence Boulouque — *Sujets libres.*
4285. Christian Chaix — *Nitocris, reine d'Égypte T. 1.*
4286. Christian Chaix — *Nitocris, reine d'Égypte T. 2.*
4287. Didier Daeninckx — *Le dernier guérillero.*
4288. Chahdortt Djavann — *Je viens d'ailleurs.*
4289. Marie Ferranti — *La chasse de nuit.*
4290. Michael Frayn — *Espions.*
4291. Yann Martel — *L'Histoire de Pi.*
4292. Harry Mulisch — *Siegfried. Une idylle noire.*
4293. Ch. de Portzamparc/Philippe Sollers — *Voir Écrire.*
4294. J.-B. Pontalis — *Traversée des ombres.*
4295. Gilbert Sinoué — *Akhenaton, le dieu maudit.*
4296. Romain Gary — *L'affaire homme.*
4297. Sempé/Suskind — *L'histoire de Monsieur Sommer.*
4298. Sempé/Modiano — *Catherine Certitude.*
4299. Pouchkine — *La Fille du capitaine.*
4300. Jacques Drillon — *Face à face.*
4301. Pascale Kramer — *Retour d'Uruguay.*
4302. Yukio Mishima — *Une matinée d'amour pur.*

4303. Michel Schneider	*Maman.*
4304. Hitonari Tsuji	*L'arbre du voyageur.*
4305. George Eliot	*Middlemarch.*
4306. Jeanne Benameur	*Les mains libres.*
4307. Henri Bosco	*Le sanglier.*
4308. Françoise Chandernagor	*Couleur du temps.*
4309. Colette	*Lettres à sa fille.*
4310. Nicolas Fargues	*Rade Terminus*
4311. Christian Garcin	*L'embarquement.*
4312. Iegor Gran	*Ipso facto.*
4313. Alain Jaubert	*Val Paradis.*
4314. Patrick Mcgrath	*Port Mungo.*
4315. Marie Nimier	*La Reine du silence.*
4316. Alexandre Dumas	*La femme au collier de velours*
4317. Anonyme	*Conte de Ma'rûf le savetier.*
4318. René Depestre	*L'œillet ensorcelé.*
4319. Henry James	*Le menteur.*
4320. Jack London	*La piste des soleils.*
4321. Jean-Bernard Pouy	*La mauvaise graine.*
4322. Saint Augustin	*La Création du monde et le Temps.*
4323. Bruno Schulz	*Le printemps.*
4324. Qian Zhongshu	*Pensée fidèle.*
4325. Marcel Proust	*L'affaire Lemoine.*
4327. Bernard du Boucheron	*Court Serpent.*
4328. Gil Courtemanche	*Un dimanche à la piscine à Kigali.*
4329. Didier Daeninckx	*Le retour d'Ataï.*
4330. Régis Debray	*Ce que nous voile le voile.*
4331. Chahdortt Djavann	*Que pense Allah de l'Europe?*
4332. Chahdortt Djavann	*Bas les voiles!*
4333. Éric Fottorino	*Korsakov.*
4334. Charles Juliet	*L'année de l'éveil.*
4335. Bernard Lecomte	*Jean-Paul II.*
4336. Philip Roth	*La bête qui meurt.*
4337. Madeleine de Scudéry	*Clélie.*
4338. Nathacha Appanah	*Les rochers de Poudre d'Or.*
4339. Élisabeth Barillé	*Singes.*
4340. Jerome Charyn	*La Lanterne verte.*
4341. Driss Chraïbi	*L'homme qui venait du passé.*

4342. Raphaël Confiant — *Le cahier de romances.*
4343. Franz-Olivier Giesbert — *L'Américain.*
4344. Jean-Marie Laclavetine — *Matins bleus.*
4345. Pierre Michon — *La Grande Beune.*
4346. Irène Némirovsky — *Suite française.*
4347. Audrey Pulvar — *L'enfant-bois.*
4348. Ludovic Roubaudi — *Le 18.*
4349. Jakob Wassermann — *L'Affaire Maurizius.*
4350. J. G. Ballard — *Millenium People.*
4351. Jerome Charyn — *Ping-pong.*
4352. Boccace — *Le Décameron.*
4353. Pierre Assouline — *Gaston Gallimard.*
4354. Sophie Chauveau — *La passion Lippi.*
4355. Tracy Chevalier — *La Vierge en bleu.*
4356. Philippe Claudel — *Meuse l'oubli.*
4357. Philippe Claudel — *Quelques-uns des cent regrets.*
4358. Collectif — *Il était une fois... Le Petit Prince.*
4359. Jean Daniel — *Cet étranger qui me ressemble.*
4360. Simone de Beauvoir — *Anne, ou quand prime le spirituel.*
4361. Philippe Forest — *Sarinagara.*
4362. Anna Moï — *Riz noir.*
4363. Daniel Pennac — *Merci.*
4364. Jorge Semprún — *Vingt ans et un jour.*
4365. Elizabeth Spencer — *La petite fille brune.*
4366. Michel tournier — *Le bonheur en Allemagne?*
4367. Stephen Vizinczey — *Éloge des femmes mûres.*
4368. Byron — *Dom Juan.*
4369. J.-B. Pontalis — *Le Dormeur éveillé.*
4370. Erri De Luca — *Noyau d'olive.*
4371. Jérôme Garcin — *Bartabas, roman.*
4372. Linda Hogan — *Le sang noir de la terre.*
4373. LeAnne Howe — *Équinoxes rouges.*
4374. Régis Jauffret — *Autobiographie.*
4375. Kate Jennings — *Un silence brûlant.*
4376. Camille Laurens — *Cet absent-là.*
4377. Patrick Modiano — *Un pedigree.*
4378. Cees Nooteboom — *Le jour des Morts.*
4379. Jean-Chistophe Rufin — *La Salamandre.*
4380. W. G. Sebald — *Austerlitz.*

Composition Interligne
Impression Bussière
à Saint-Amand (Cher), le 16 août 2007.
Dépôt légal : août 2007.
Numéro d'imprimeur : 072492/1.
ISBN 978-2-07-033634-0./Imprimé en France.

140758